WAC BUNKO

学はあってもバカはバカ

村二郎

WAC

本書は、かまくら春秋社より二〇〇四年十一月に単行本として刊行された『学はあってもバカはバカ』に加筆・削除・修正のうえ、新章を加えて改訂した新版です。

学はあってもバカはバカ　目次

IV マイ・ウェイ

装幀／須川貴弘

Ⅰ　偏差値秀才が国や会社を滅ぼす

学はあってもバカはバカ

二〇一七年夏の高校野球で埼玉代表「花咲徳栄《とくはる》」が日本一になった翌日の八月二十四日、朝日新聞朝刊一面に「朝日地球会議二〇一七」を十月に開くという、朝日新聞のお知らせが載った。分断の問題や持続可能な開発など、世界が直面している問題について国連副事務総長などを朝日が招き、シンポジウムを開くという案内である。

朝日が自分を権威づけるためにこの種の催しを開くのは、私が『週刊朝日』にいた頃から時々あることだったが、その度に編集部員は、

「朝日新聞って、こういう空理空論に大金を使う。いい気な会社だよな」

と、冷ややかに見ていた。

記事によると、フランスから招かれる学者は、フランスの学術研究機関で最も権威ある「コレージュ・ド・フランス」の教授のよしで、大変な知性の持ち主らしい。知性と

は縁遠い私は、機関の名も教授のお名前も、初耳だった。

シンポジウムの費用は知るよしもない。しかし、生半可なものでなさそうなことはトヨタ自動車やパナソニックなどが特別協賛に名を連ねていることでも容易に想像できた。

「朝日は相変わらず空理空論が好きだな」と思っていると、知り合いの後輩記者から、

「シンポジウムに使う金があるなら、取材のタクシー代やお茶代に回してもらいたいですよ。会社は、読まれる紙面より、偉いと思ってもらえることが大事なんでしょうかね」

と、電話があった。

彼の嘆きを聞くうち、「学はあってもバカはバカ」という言葉を思い出した。

この言葉は編集委員時代、取材でお世話になった女子校御三家の一つ、「雙葉《ふたば》学園」の女性の先生から教わった。その先生は、日本では偏差値の高い大学を出ているとそれだけで「頭が良い」とか、「エリート」と言われる。

「それがそもそも間違いです。私は学のあるバカをたくさん知っています」

と言い切ったのである。

雙葉は名門と言われるだけあって、いわゆるエリート家庭の子供が多い。先生は、そういう家庭の御主人が何かにつけて学をひけらかし、へ理屈の多い口舌《こうぜつ》の徒《と》であること

を、実例を挙げて語った。そういう人間の相手をすることにうんざりしているようで、

「学はあってもバカはバカです」

と、切り捨てたのである。

養老孟司氏のベストセラー『バカの壁』（二〇〇三年、新潮新書）が出る十年近く前のことである。お嬢様学校の女性教師の口から「バカ」が何回も出てきたことに、私はびっくりした。

それにしても、「学はあってもバカはバカ」とは、考えつかなかった言い方である。シェークスピアでもこんな気の利いたことはいえまい。縮めて「学のあるバカ」としてもいい……思わずうなった。考えてみれば、取り扱いのむずかしいこういうバカは、大きな会社やお役所にかぎらず、どこにでもいそうである。

当時、『週刊朝日』編集長から朝日新聞編集委員になって四、五年たっていたが、週刊誌時代の癖で、とっさに閃《ひらめ》いたのは、

「総力特集　日本をダメにした学のあるバカたち」

という見出しと企画である。

最近のテレビを見ていると、「学のあるバカ」は、あちこちで増殖しているような気がしてならない。食べ物番組で料理の盛りつけを解説した脳科学者は、盛りつけが美しいと脳から何とかいうホルモンが出て、食欲を増すのだと説いた。そんなことは、料理人の顔つきと料理の見た目、それに香りでわかる。第一、ホルモンに味覚はあるまい。

売れっ子の若い社会学者は、若手の建築士や政治学者を集め、「教養とは何か」をテーマに論じていた。教養のような抽象的なことを議論しても、得るものは少ない。その程度のことは、学がなくても常識でわかる。「お前ら、死ぬまで勝手に語り合っとけ」と思いながら、チャンネルを替えた。

頭から出てきた言葉か、それとも肉体から出てくる体験に裏づけされた言葉か、聞き分ける視聴者のいることを、テレビ局は忘れてもらっては困る。

もし今、視聴者に「学のあるバカ」ランキングを聞いたら、一番は恐らく「不倫関係」を写真付で週刊誌に大々的に報じられた民進党の山尾志桜里《やまおしおり》衆議院議員だろう。東大法学部を出て司法試験にパスし、検事から政界入りした才媛である。

才媛は国会の質問で匿名ブログの「保育園に落ちた。日本死ね」発言を取り上げ、国民的スターになった。ところが今回の騒動で、民進党を離党せざるを得なくなった。輝かしい経歴が台無しである。

何とも不注意と言うしかないが、こういう〝ミス〟を冒すのは、学バカにはありがちなことである。恐らく、子供の時から「蝶よ花よ」と周りに守られてきたせいだろうと想像する。

興味本位に追及するメディアもおかしい。二言目には「説明責任を果たせ」と言うが、何を説明しろと言うのか。テレビの再現ドラマのように、一切合切を白状しろと言うのか。テレビ局でも出版社でも、不倫や浮気は日常茶飯事だろうに。

こういう時に「説明責任を」と言うステレオタイプな反応も、学バカに共通する特徴である。

山尾議員と東大同期で厚生労働省のキャリア官僚から政界に入った豊田真由子議員も、ランキング上位だろう。女子高の名門、桜蔭高校から東大法学部、さらにはハーバード大に留学と、経歴は非の打ち所がない。

ところが、秘書に対して「このハゲー！」と悪口雑言を浴びせ、世間の失笑を買った。落選経験のないこの女性は、人の気持ちを汲《く》み取ることができない、典型的な「学バカ」だったと言えるのではないか。豊田議員は月刊誌に言い分を語ったが、学バカはいかに面《ツラ》の皮が厚いかをさらすだけに終わったようである。「バカにつける薬はない」と昔から言うが、学バカが治る薬を発明したら、ノーベル賞だろう。

先に民進党代表を辞任した蓮舫議員も、その口かもしれない。党内をうまくまとめることができず、民進党人気を急落させた張本人だと言えるだろう。

民進党には野田佳彦さんをはじめとして松下政経塾出身が多かった。私には、松下政経塾では観念的なことしか教わらないのではないかと思われてならない。

ひと言でいえば「頭でっかちの優等生」。このタイプはいざとなると、オロオロして「どうしよう、どうしよう」と小田原評定《おだわらひょうじょう》を続けそうである。

私自身、朝日新聞社で、勉強しすぎてバカになったのではないかとしか考えられないような、頭の固いデスクに悩まされたことがある。

朝日新聞社の中に「浜離宮ホール」という音楽ホールがある。音響の良さでは日本でも屈指と、音楽家の間では評判が良いホールである。

ある時、十九歳で有名オーケストラのコンサート・マスターになり、天才の名をほしいままにしたバイオリニストが、バイオリンの名器ストラディバリウスとガルネリウスの弾き比べを、そのホールですることになった。

ピアノで言えばスタインウェイとベーゼンドルファーを名ピアニストが弾き比べ、スーパーカーで言えば名車フェラーリとマセラティを、日本人F1ドライバーの第一号、中嶋悟氏が乗り比べをしようというようなものである。好きな人には、こたえられないだろう。浜離宮ホールまで、たとえ千里の道があろうとも意に介さず、聴きに来るファンは多いに違いない。

編集委員の私は、新聞の「ひと」欄にそのバイオリニストを書くことにして、取材をした。幸い『週刊朝日』にいたおかげで、親しくなった音楽家がたくさんいる。バイオリニストの愉快なエピソードをたっぷり仕入れることができた。

「ひと」欄の担当デスクY君は、クラシック音楽に詳しいことで知られていた。ところが、原稿を出すと、思いもしない言葉が返ってきた。こう言われたのである。

「浜離宮ホールと言うことは川村さん、〝我が社もの〟ですよね。この記事を読んで、ホールが満席になると、困るんですよ。『ひと』欄は、広告欄ではありませんから」

朝日新聞には「我が社もの」という言い方があり、主催や後援の企画は紙面に載せたがらない傾向のあることは、承知していた。しかし私などは「高校野球は我が社ものの、最たるイベントだろう。高校野球に大きな紙面を割いて、テレビ番組欄には、歯が浮くようなテレ朝の番組紹介があるじゃないか。バカバカしい」と思っていた。

それに、言うにことかいて、「広告」とは何だ。人間の話を新聞記事にすれば、社会的制裁を加えるか、広告宣伝になるか、どちらかになる。そんなことは、新聞記者のイロハではないか。自慢ではないがヨイショ記事は、書いたことがない。オベンチャラにならないように書く技術は、身につけているつもりである。それは、広告の仕事で雑誌や新聞に書く時には欠かせない技術である。

Y君には「駐車場で話をつけよう」と言いたいところだった。しかし、世間では「話せばわかる」と言うが、必ずしもそうではないことを教えてくれたとも言うことができる。そう考え直し、ひたすら頭を下げて紙面に載せた。

しかし、実は「学のあるバカ」と聞いて真っ先に浮かんだのは、宮澤喜一氏のETのような顔だった。断るまでもないことだと思うが、ここでいう「バカ」は、世間でいうバカの類では、もちろんない。私が言う「バカ」とは、たとえば、明らかに権限を持つ地位にいながら、あるいは当事者でありながら、言動をみていると、

「この人は自分を評論家だと思っているのではないか」

と見える人のことである。

宮澤喜一氏が英語に堪能で、経済理論にも通じた有能な政治家であることは、政治部や経済部の記者から、よく聞いていた。

その学識、教養については、司馬遼太郎さんからもしばしばお聞きしていた。司馬さんはある時期、宮澤喜一氏と京都の寺で定期的に開かれる会合で一緒になることがあったそうで、

「宮澤さんはお寺の額のむずかしい書でも、スラスラお読みになる。すごい人や」

と、話しておられた。

そういうことがあったので、一九九一年十一月、宮澤喜一氏が総理大臣になった時は、私自身、いい時期にいい人が首相になってくれたと思った。司馬さんも酒の席では、同じようなことをおっしゃっていた。ところが首相になって三、四カ月すると、私のような政治や経済の素人にも「ちょっと待てよ。この人の学に惑わされて、期待をしすぎたのではないか」と思われるようなことがわかってきた。


新聞やテレビの報道を見ていると、この人は、日本のために政治は今、何をしなければ

ばならないか、よくわかっているらしい。それは、私のような政治の門外漢にもうかがうことができた。どうすればできるか。その方法も承知している。つまり、「What to do」も「How to do」も、わかっている。後は実行に移せばよいだけである。しかも、彼は総理大臣である。実行できる地位にある。ところが、じっとして動かない。相変わらず、評論家然としている。見ていて、歯がゆくてならなかった。

日本は九〇年代に入り、後に「空白の十年」といわれる時期に入っていた。バブルがはじけ、不良債権の処理を迫られていることは、識者の間で言われていた。処理するためには税金を投入する以外に方法がなさそうなことも、ささやかれていた。マスコミは猛反対していたけれど。

司馬さんも、

「ここまできたら、税金を使わなあかんやろ。宮澤さんは、その話を国民がわかるようにきちんとできる人やと思うたけど、あの人はようせんなあ」

と言われることが、何度かあった。

そのうち、この人については、話すことがなくなった。司馬さんも私たちと同じように、期待が大きかった分、失望も大きかったのかもしれない。

そのころ、白洲正子さんのお宅にちょくちょく遊びにいっていたが、いくと、決まって宮澤喜一氏の話が出た。宮澤氏は池田勇人蔵相の秘書官だったころ、吉田茂の片腕といわれた白洲次郎さんの教えを仰ぐために、白洲邸を訪れることがあったようである。

白洲正子さんはある時期、私の顔を見れば、

「うちの次郎さんは、宮澤さんのことを『あいつはすごい』と言ってたの。でも私は、『この人は頭だけの人じゃないか』と思った。だって『僕は心眼なんていうものは、信じません』なんて言うんだもの。心眼はあるのよ。ね、みてごらんなさい。次郎さんより、私の目の方が正しかったでしょ」

と、言っていた。

この考えは、亡くなるまで変わらなかった。どうやら正子さんは、宮澤喜一氏と全国紙、中でも朝日新聞の記者に、似たものを感じていたらしく、

「お勉強のできた人っていうのは、自分の身を安全地帯に置いておいて、それであれこれ言うでしょ。私は卑怯だと思うのよ。だから私は朝日が好きになれないの。ごめんね。あんたを責めてるわけじゃないんだから。私だって、朝日がそんな人ばかりじゃないことくらい、わかってるからね」

と言って、いたずらっぽく笑っていた。

宮澤喜一氏は政界を引退してからも、新聞紙面に登場した。新聞記者は、ご意見番としての宮澤氏にインタビューをするようだ。しかし相手は、大蔵大臣を二回、総理大臣を一度、務めた大物政治家である。せめて、「空白の十年」についてどう思っているのか。責任を感じていないのか。記者ならその点をまず聞いて、それからアドバイスを求めるべきではないか。なぜそうしないのか。私は不満でならなかった。

宮澤氏は昔から、自分の所に取材にくる朝日の政治部記者は例外なく、東大法学部の出身と決めつけていて、初対面の記者には、

「君は誰のゼミだったの？」

と聞いたそうである。この話は、東大を出て朝日の政治部の記者になり、一時期『週刊朝日』にいた記者から聞いた。それ以来、良い印象がなかった。

しかし「精神の貴族」という言い方を知ったのは、宮澤氏の口からである。

それは一九九五年春、夕刊の連載コラム「きょうはどんな日」の取材で、吉田茂首相のいわゆるバカヤロー解散の話を聞きにいった時のことだった。宮澤氏はバカヤロー解

散のあった一九五三年春、大蔵大臣の秘書官として衆院予算委員会で、吉田首相のすぐ後ろの席にいたそうである。

吉田首相は社会党議員の質問に答えて席にもどり、イスに腰を下ろしながらうつむいて「バカヤロー」とつぶやいた。宮澤氏は吉田首相のその瞬間を二度、実演し、「私はすぐ後ろで見ていたから、間違いありません」と、例のごとくクールな表情で言った。

そしてさらにこう言ったのである。

「けれど吉田さんは、いっさい言い訳や弁明をされなかった。あの方は、精神の貴族でした」

精神の貴族とは何か。宮澤氏の口ぶりから「誇り高さ」という言葉が浮かび、私は武士を想像した。

吉田首相は驚くほど背が低い。いわゆるチビである。しかし、日本が敗戦後、連合国に占領されていた時に撮った、連合国軍（ＧＨＱ）の高官と並んだ写真を見ても、堂々として、位負けするところがない。首相を支えていたのは、誇り高い武士道精神に違いない。私は今でもそう考えている。

宮澤氏も吉田さんを見習ってもらいたかったとも思ったが、そうこうしているうちに加藤紘一という名前が、政治面で目立つようになった。こちらも宮澤氏に負けず劣らず、若い外務官僚の頃から秀才の誉《ほま》れ高く、政界に転じてからは、将来の有力な首相候補として評価が高かった。

その加藤氏が自民党幹事長の時である。私が『週刊朝日』にいた頃からの知り合いで、有名な出版社の常務取締役のTさんから深夜に電話があり、「相談があるので、会いたい」と言われた。指定されたのは東京・赤坂のバーである。Tさんは加藤氏と何回か会食したことがあるそうで、人物、見識から自民党総裁になるのは間違いないと言い切り、「加藤と会って評伝を書かないか。席はうちで設ける」と言った。

朝日の一編集委員にすぎない私の筆力を、文章にはプロのTさんが認めてくれた。名誉である。しかし、私は「ああいう目の落ち着きのない人は、信用できません。せっかくですが、お断りします」と即答した。

それから何年もしないうちに政界を揺るがせたのが「加藤の乱」である。当時の森喜朗首相の不信任案が野党から提案され、加藤氏が賛成すると言って起きた騒動である。しかし加藤氏は不信任案に賛成票を投ずることがなかった。加藤氏が本会議場にゆこうとして派閥の〝子分〟に「あなたは大将なのだから」と、訳のわからないことを言われ、泣きながら動くのをためらう加藤氏や、周りで子分衆がすがるように泣く、マンガのような場面がテレビで報じられた。

男の涙には、許されるものと、許されないものがある。加藤氏たちの涙は、明らかに後者である。精神の貴族とは対極にある人間の涙である。

その頃、「学はあってもバカ」という言い方は知らなかったが、これを知ってからは、典型的な例として加藤氏の名前を挙げることにした。

実は、加藤氏が自民党幹事長になった時、『週刊朝日』の記者が実家を訪ねると、御母堂は、「そんな大役、あの子につとまるかしら」と言ったそうである。

加藤の乱の涙を見て、私が人を見る目に自信を持ったのは、言うまでもない。大出版社の常務取締役のTさんより一介の編集委員の私のほうが、人を見る目が確かだったと、思うことができたからである。

ここで、学バカかどうか見分ける簡単な方法を書いておこう。もちろん科学的な根拠はない。あくまで私の経験に基づく、オレ流であることをお断りしておく。独断、偏見と、笑わば笑えである。

概して小柄で、子供の頃にクラスには必ず一人、二人いたガリ勉タイプである。彼らは腕力で劣る分を、成績や弁舌で補おうとする。先生に怒られるようなドジを踏まない。従って先生には可愛がられ、守られる。

こういう人間は大人になると、逃げるのが習い性になる。いざとなると言葉巧みに責任を周りに押しつけ逃走する。見るからに冷酷非情で、貸しはがしで業績を上げた銀行マンのような顔つきになる。使う言葉も「認識」とか「真摯《しんし》」とか「遺憾《いかん》」とか、日常生活ではまず使わない漢語を好む。前例に忠実で、減点主義を好む傾向がある。

学バカの特徴にもう一つ、スピーチの下手なことがある。世界中の労苦を一人で背負っているような顔をして、大上段に振りかぶった話をする。自分を立派に見せるためである。聞かされる方は、たまったものではない。

朝日新聞のパーティーの常連だった高名な作家に、こう言われたことがある。

「朝日新聞社はスピーチの下手な人しか、偉くなれないのですか」

読者諸兄姉の上司が、こういう「学のあるバカ」でないことを祈るばかりである。

読まれなくなった朝日新聞

朝日新聞が読売新聞に部数で追い越されたのは、一九八〇年代半ばのこと。私が『週刊朝日』副編集長の時である。ちょうどその頃、面識のある「読売旅行」のS社長（故人）に久しぶりに会いにゆくと、社長は、「うちは長い間、朝日に追いつけ追い越せでやってきて、ついに念願がかなった。夢がかなったのはいいけど、次の目標をどうするか。これが大問題だよ」と言った。

Sさんは読売の販売で業績を上げて読売本社の取締役になり、詳しい事情はわからないが、子会社の社長に天下った人である。

しかし、せっかくの社長の言葉も、当時の私には馬耳東風《ばじとうふう》だった。いや、豚に真珠と言うべきか。と言うのは、朝日新聞と『週刊朝日』は、フロアこそ違うが同じ建て物の中にある。しかし、持ちつ持たれつの関係はあっても、お互いにそちらはそちら、こちらはこちらと思っている。誤解を恐れずに言えば、当時は新聞の部数より週刊誌の売れ行きしか私の頭になかった。本当は新聞も雑誌も「増えた、増えた」と言えるようであることが望ましい。しかし豚の悲しさ、そこまで頭が回らなかった。

それから十年近くして、私は『週刊朝日』編集長をお役ごめんになり、新聞の編集局に十六年ぶりにもどった。十六年も留守にすると、ほとんど浦島太郎状態である。

週刊誌にいる時も、新聞は情報源として欠かせないので、朝刊も夕刊も目を通していた。目は通すものの、心に響くような記事が少ないことが気になっていた。要するに、おもしろい読み物が皆無と言っていい紙面になっていた。社会部遊軍に、昔のように町ダネを面白く読ませる記者がいなくなったのだろう。新聞社も、社会の均質化の波の影響から逃れられなかったのかもしれない。

週刊誌時代にも朝日新聞に対する不平不満は、しばしば聞かされていた。ある私立の女子大で平安文学を教え、教務部長を務める教授には、「昔は、大学の教官はほぼ例外なく朝日を購読していたものですけど、最近はそうではないんですよ。どうして朝日は読まれなくなったんですかねえ」と言われた。

雑誌にとって掛けがえのない国語学者の夫人には、こう言われたことがある。

「私のお友達が次々朝日を止《や》めているの。朝日を止めて、産経か毎日に替えるんだけど、どうしてかしら」

私が社交場代わりにしていた東京赤坂一ツ木のピアノバーは、シャンソン歌手の石井好子さんが常連の一人で、石井さんとは学生の頃から家族ぐるみでつき合いがあるという、帝国ホテルの社長（当時）とジャズの古いスタンダード・ナンバーをデュエットする。そんな店だった。

石井さんは、歌が終わると、私を呼ぶ。

石井さんの御父上の石井光次郎さんは戦前東京高商（現・一橋大学）を出て内務省（当時）に入り、台湾総督府秘書課長などを歴任して朝日に入社。業務担当専務取締役として戦時下の新聞発行に尽力した。戦後、その責めを負って退社。公職追放されたが、大阪・朝日放送の初代社長から政界に復帰し、吉田茂内閣の運輸相として、そしてまた自由党（当時）の幹事長として保守合同に協力し、初代の自民党総務会長を務めた。朝日の恩人の一人と言っていい先輩である。

大先輩の次女で有名人の好子さんに呼ばれれば、私はごく自然に直立不動の姿勢になる。気をつけをしていると、シャンソン歌手は、「朝日の最近の左翼偏向はひどすぎるわ。あなた、何とかしなさいよ」と言って、私を睨《にら》みつける。

そう言われても、朝日は新聞が本業、本流で、雑誌は副業、支流である。支流の人間にできることはない。同じ週刊誌には、左翼の好きな『朝日ジャーナル』（一九九二年廃刊）もある。ジャーナル編集部の少部数の苦労や悲哀は日々見聞きしている。私としてはうなだれて、「その点は、私も気になっているんです」と言うだけである。

しかし、朝日新聞が持つ左翼偏向のイメージが、役に立つこともあった。

私が『週刊朝日』の副編集長、編集長を務めた一九八〇年代の十年余は、バブル景気に日本中が浮かれていた。銀座でタクシーを拾って「赤坂」と言うと、「一万円だね」と運転手に言われ、メーター料金の千数百円を払うと、「こんなものいらねえ」と言って、お金を窓から捨てる運転手までいた。

大学を出たばかりの新入社員にタクシーのチケットを持たせるならまだしも、チケットを束で持たせる。そんな大手の不動産会社があった。毎晩のようにパーティーがあり、お座敷がかかることが多かった。タキシードもよく着た。

パーティーに出ると、毎度短いスピーチをしなければならない。司会進行役から肩書と名前を紹介されてマイクを持つ。場内はワイワイガヤガヤ、とてもスピーチを聞くような雰囲気ではない。一計を案じ、私はマイクを手に壇上に立つなり、「朝日新聞は左寄りと言われますが、右の方も聞こえますか」とやる。受け狙いのツカミである。

このツカミは、絶大な効果があった。どんなにざわついていても、ドッとわいて静かになり、一斉に、「この男、何を言い出す気だ」という目で、私を見る。こうなればしめたものである。

そのうち習うより慣れろで、スピーチのコツがわかってきた。名文とは、その人にしか書けないことを、誰が読んでもわかるように書くものというのは、作家、井上ひさしさんに教わったことの一つだが、スピーチも同じである。短いコラムを書く要領で、ツカミとオチを考え、真ん中にマンジュウのアンコに当たるものを挟《はさ》む。私は週刊誌の取材の裏話をした。アンコが面白ければ、オチは何とかなる。子供の頃に聞いた古今亭志ん生や桂文楽の落語、広沢虎造の浪花節《なにわぶし》は、役に立った。

高校時代に受験勉強はそっちのけで覚えた江戸時代の狂歌、川柳もよく使った。「酒と煙草と女をやめて、百まで生きたバカがいる」とか、「世の中に金と女は仇《かたき》なり、どうか仇にめぐりあいたい」などという戯《ざ》れ唄《うた》は、今でも助けになっている。人生に無駄なことはないと言うが、本当にそうである。

狂歌、川柳に狂ったおかげで、「日本人はユーモア、諧謔《かいぎゃく》の精神に欠ける」などと言う学者の浅薄な論に惑わされずにすんだ。

「世の中に澄むと濁《にご》るは大違い。ハケに毛があり、ハゲに毛はなし。ハカはお参り、バカはお前だ」という軽口は使い勝手が良く、今も使っている。


それはともかく、十六年ぶりにもどった編集局は、有楽町に本社があった頃の編集局とは、すっかり様変わりしていた。活気がまるで感じられないのである。

ことに私のいた社会部は、いつも土木工事の飯場のように怒声や笑い声がしたものだが、異様なまでに静かで、記者達はつまらなそうな顔をして黙々、粛々とパソコンに向かっている。送り手が面白がっていないのだから、受け手がつまらないと思うのは当然なことである。

私が記者になった東京オリンピックの頃、原稿は電話で送受稿するものだった。うんざりするくらい長い電話で原稿を受けると、記事には何が必要で、何が不要かわかってくるし、漢字を自然に覚える。ダンカイの世代を「段階」と書くようなミスはなかった。

とにかく速く書かないと、怒鳴られるので、殴り書きになる。しかし、殴り書きも満更捨てたものではない。私が万年筆で殴り書きをしたハガキを、喜んでくれる人達がいる。若い人の中には、万年筆を持っているだけで「カッコイイですね」と言ってくれる者がいる。七十五年も生きてくると、想定外の事や意外な事に出会う。長生きも、捨てたものではない。電話の時代からファックスの時代になっても、原稿はあくまで、手で書くものだった。

しかし、ワープロ、パソコンの登場で様相が一変した。原稿が手で書くものから、キーボードで打つものになったのである。

私のような老人は文字を記す「記者」だが、キーボードを打つのは記者ではなくて「打者」ではないか。こんな冗談を書けば、デジタル時代に遅れた老人のたわごとと思われるかもしれない。しかし、記者から打者に変わって、私には言葉の使い方が雑で、無神経になったような気がしてならない。

記者の時代、編集局はどこにいっても『広辞苑』があったものである。ところが、十六年ぶりの編集局では、『広辞苑』を探すのが一苦労だった。

記者は書いた原稿をデスクに渡すと、どう直されるか、どこを削られるか、緊張してデスクの脇に立っているのが普通だった。しかし、打者は出先から電波でデスクのパソコンに原稿を送ることが普通になる。打者とデスクは顔を合わせることがなくなる。編集局から笑い声や怒鳴り声が消えるのは、自然なことだった。

私は、眼光紙背《がんこうしはい》に撤するデスクに原稿を見てもらったことがある。原稿を見てもらっている間、車高の低いスポーツ・カーでデコボコ道を走っているような気持ちがした。デコボコ道の石でオイルパンをキズつければ車はエンコする。修理は簡単ではない。ソロソロと、祈るような気持ちで運転する。ちょうど、下腹から胃袋のあたりを、あたかも鋭利なナイフでなでられているような気になる。原稿を見てもらっている間、同じ感じがした。

そのデスクは、決して大声を出すような人ではなかった。しかし、穏やかな顔で原稿を見られていると、私がどの程度、取材したのか、言葉の選び方にどこまで神経を使ったか、まるでレントゲン検査で体の中や頭の中を見透かされているような気がした。デスクに「これでいいと思いますよ」と言われた時は、全身の力が抜けたことが忘れられない。

現在の打者たちはこういう緊張感を経験しないまま、デスクや編集委員、論説委員になってゆくのだろう。文章が雑になるわけである。こういうことを書いていると、俺は幸せな時代の幸せな記者だったとつくづく思う。

会社の業績が好調かどうかは、足を一歩踏み入れただけでわかる。仕事柄、いろいろな会社を見てきたので、このことは自信を持って言うことができる。快調な会社は人の出入りが多く、社員がとにかく明るい。

同じことは、家庭についても言える。夫婦仲が円満でカカア天下で千客万来の家はどこか温かく、華がある。反対に、うまくいっていない家は、入った瞬間にヒンヤリした空気を感じるものである。読者諸氏も私の観察、感想に同意してくれるのではないか。

余談ながら、一九八〇年代半ばに朝日が読売に部数で抜かれた事情を知ったのは、つい四、五年前のことである。ネタ元は詳しく書けないが、朝日の販売局OBと、業界紙の知人である。

新聞は経営が苦しくなると、購読料か広告料を上げるのが常套《じょうとう》手段である。朝毎読の三紙が一カ月千七百円の購読料を二千円に値上げすることになり、某夜、三紙の販売局の幹部が東京・銀座の某料亭に集まった。料亭の名前も聞いたが忘れた。

新聞はゼネコンなどが談合すると、鬼の首を取ったように騒ぐ。しかし、自分のことを棚に上げるのはいつものことである。談合しなければ、三紙の定価も休刊日も同じになるわけがない。ともあれ、明白な独禁法違反だが、時効なので書いてもかまわないだろう。話し合いの結果、朝日が最初に値上げを社告で宣言する、一、二週遅れて読売が続き、最後に毎日が宣言することが決まった。ところが、朝日が宣言しても、読売が待てど暮らせど後に続かない。シビレを切らした毎日が朝日に続いて値上げの社告を載せた。二番目のはずの読売が値上げを宣言したのは、朝日の宣言から実に半年近く後だった。

読売の約束違反だが、ライバル二紙の値上げを見届けると、読売はチャンスとばかり拡張にかかった。それで部数でトップに立ったのだそうである。「そうである」と伝聞の形式で書いたのは、一方の当事者、読売の確認が取れなかったからである。

余談が過ぎた。

十六年ぶりの編集局で気になったのは、活気のないことに加えてもう一つ、ある。

私の肩書は編集局企画報道室（当時）編集委員だったが、私はウケ狙いで「気楽報道室」と称して、ヒマな時は編集局や広告局、販売局をブラつき、編集委員室の自分の席を空けることが多かった。理由は後述する。

広告、販売の顔見知りは、週刊誌にいた頃と同じように声をかけてくる。ところが編集局を歩くと、私と目を合わさないようにしたり、上目使いでこっそり様子を見ようとする〝打者〟が目についた。

私が取締役や取締役候補の幹部から嫌われていることは知られているらしい。実は私自身、朝日出入りのハイヤーの運転手や、広告代理店の幹部から私の評判の悪いことは聞いていた。取締役はハイヤーに乗ると密室とカン違いするのか、社員批判をするそうで、仲良くなった運転手数人から、

「川村さんは、役員さんに嫌われているようですねえ」

と聞かされていた。

広告代理店の友人が朝日の広告担当の取締役とアメリカ視察旅行の折、取締役は往復の機内で私のことを話題にしたらしい。もちろん悪口だろう。私は社内で、外交用語で言う「ペルソナ・ノン・グラータ」＝「好ましからざる人物」だったのである。

嫌われる理由はわかっていた。

私は学生時代、レーシング・ドライバーに憧れ、父親を拝み倒してイギリス製の一九六二年型スポーツ・カーを買ってもらった。今なら軽四輪にも抜かれるオモチャのようなシロモノだが、当時は白バイの目黒や陸王よりスピードが出た。

初任地の大分でも乗り回した。現在のフェラーリより珍しかったので、目立った。標札のようなクルマなので、ラブ・ホテル（当時は「温泉マーク」とか「サカサ・クラゲ」と言った）には絶対に乗りつけられない。品行方正にならざるをえなかった。

その頃から、他人は他人、俺は俺と思っていたので、他人からどう見られているか、全く興味がなかった。今思い返すと若気の至り、汗顔《かんがん》の至りである。

しかし、その頃、クルマは命の次に大切なものなので、クルマが傷《いた》むようなことはしなかった。九州では未舗装の道が多く、幹線道路でもデコボコ道が珍しくなかった。パトカーや消防車の後をついて走っていても、舗装していないところにはいかない。

白状すると、クルマが傷まないよう、事故や事件の現場を目前に、Uターンすることさえあった。よくもクビにならなかったものだと、今にして思う。支局のデスクに、「バカ。お前は本当に大学を出たのか、バカ。荷物をまとめて帰れ」と毎日怒られても、しかたのないことだった。

どんなに怒られても我が身をはかなんだり、まして自殺しようなどとはツユ思わなかったのは、子供の時から親や先生に怒られ続けていたせいに違いない。中学時代、扱いにくい悪童の私が学級委員になり、先生が教壇に立つと、「起立、礼、着席」と号令することになった。

「着席」と号令すると、途端に先生から、「おい、川村、廊下で立ってろ」と言われて廊下に出される。先生が教室に残った生徒に、「いいか、みんな。ああいう人間になるなよ」と言っているのが聞こえた。

先生が生徒思いで、日教組嫌いであることは、誰でも知っていた。私も好きな先生の一人だった。

先生はその後、ある公立中学校の校長になった。それを祝って同窓会をすることになり、私は雑誌の宣伝をしたい一心で、同窓会に行った。そして先生の顔を見るなり、「あんな人間になるなと言われた人間が、編集長になりました。買ってください」と言うと、困ったような顔をされた。しかし、翌週から『週刊朝日』を毎週買ってくれた。そういう経験があるので、学校の教職員に講演を頼まれると、

「行儀の悪い生徒は、廊下に立たせましょう。立たせるだけなら、罰でしょうが、体罰

ではないでしょう。文句を言ってくる親がいたら、『御家庭で躾《しつけ》をなさらなかったようなので、代わりに学校でしています』と言って、親御さんにはお引き取り願いましょう」と話すことにしている。

子供の一番の権利は躾をしてもらうことだと、私は思っている。箸《はし》や鉛筆の持ち方、挨拶の仕方といった最低限の作法は、かつてはどれも学校に上がるまでに教えられたものである。最近は子供の人権が声高に叫ばれる割に、躾を受けるという最低限の権利が守られていない気がするのは、私が年を取ったからだろうか。

私は朝日新聞の県庁所在地の総局で、新人記者を迎えたことのある総局長経験者から、「挨拶できない人間が記者になってくるんですから、たまりませんよ。会社は入社試験の面接で何を見ているんでしょうかねえ」という嘆きを聞かされたことがある。しかし、学力偏重教育や家庭の躾を怠った結果なのだから、当人だけを責めても意味がないのではなかろうか。

ところで、私が編集委員室の席にじっとしているのがいやで、社内のあちこちをほっつき歩いていたのには訳がある。

その頃、編集委員室の隣は論説委員室になっていた。週刊誌時代に何度かその一画を歩いたことがある。社内でも、異様に静まり返った一画は、まるで病院の待合室のようで、たちまち退散した。正直に言えば、陰気病という病気にかかりそうな気がしたのである。編集委員になって久しぶりにその一画にゆくと、待合室がモルグ（死体置き場）のようになっていた。とても長居はできない。

私が編集委員室に机とイスをもらうことができたのは、ソ連邦の解体が始まった頃だった。社会部出身のI先輩が熱弁を振るっているところに出くわしたことがある。

I先輩は朝日の左翼を代表する記者として、社外でも名が通っていた。申し訳ないが、私はI先輩の書いたものを最後まで読んだことがなかった。見出しを見れば内容は見当がつくし、文章が粗く小むずかしい。『週刊朝日』に寄稿してもらうことはないだろうと考えていた。

I先輩が熱弁を振るっている相手は、S先輩だった。S先輩は経済部の記者から、できたばかりの週刊誌『AERA』に移り、世界を股にかけて、つまり取材費を贅沢に使う記者として、『週刊朝日』の記者からは、羨望《せんぼう》の眼差しで見られていた。しかし書く物は、読みやすさやわかりやすさを度外視したものが多く、ネタ不足の感じがあり、仕事の評価は芳《かんば》しくなかった。

　余談になるが、『AERA』にはいやな思い出がある。『AERA』が誕生した時、私は『週刊朝日』の副編集長だった。当時の出版担当取締役は社会部時代にデスクだった先輩で、話しかけやすかった。S取締役に私は、「同じ会社からニュース雑誌を二種類出せば、いずれ同士討ちになるのは目に見えていますよ」と、身分も弁《わきま》えずに言った。するとS取締役は、「ジロちゃん、数字で見せてくれよ」と言った。数字に表れる時は、手遅れだろう。出版の世界を知る人間なら、常識のはずではないか。この発言を聞いた時、私は『週刊朝日』と『AERA』の末路を見たような気がしたのを覚えている。

　I先輩がS先輩に熱弁を振るっているテーマは「社会主義はなぜ失敗したか」のようだった。私のようにマルクスの『資本論』を読んだことのない人間は、表現の自由もないソ連が七十年近く続いたことの方が驚きだった。ソルジェニーツィンの『イワン・デニーソヴィチの一日』を読めば、ソ連の社会主義なるものがどういうものか、わかるではないか。そんな単純なことを延々と論じ合う二人の先輩がバカに見え、哀れな気さえした。

　呆れたのは二人の先輩が、社会主義の滅亡をテーマに連載を始め、実に一カ月近く続けたことである。これでまた石井好子さんに怒られるのかと思うと、憂鬱《ゆううつ》だった。

それにしても、お二人はソルジェニーツィンを読まなかったのだろうか。こういう先輩の近くにいるのは、精神衛生に悪い。私はそう思い、できるだけ席にいないことにしたのである。

朝日の左翼記者は何人か知っているが、常日頃の言動からすると、彼らは確信犯ではない。上の顔色や社内の空気を忖度《そんたく》し、処世のチエや便宜上左翼のフリ、左翼の仮面をかぶっているだけのような気がしてならない。

たとえばＩ先輩を尊敬してやまないＨ記者である。

Ｈ君は『週刊朝日』にいた時期、アフガニスタンからソ連軍（当時）が撤退するというので、志願して取材にいった。帰途インドのニューデリーに寄り、取材の顚末を「編集後記」に書いた。活字になったのを読むと、京都生まれのＨ君が「ニューデリーには兵士や戦車の姿がなく、生まれてはじめての解放感を味わった」と書いている。私はＨ君を喫茶店に呼び出し、「京都では戦車や兵士の姿があったのか」と聞いた。「ありませんよ」と口を尖《とが》らすので、「じゃあ、生まれてはじめての解放感はウソじゃねえか」と言うと、「ちょっとホッとしたんですよ」と言う。カチンときて、「じゃあホッとしたと書け。

生まれてはじめてなんて書くから、朝日はアカイなんて言われるんだ、バカ。気をつけろ」と言った。

このことがあってから、H君の書くものはイデオロギーを感じさせせなくなった。左翼病が治ったわけである。しかし、新聞にもどると、すぐ〝再発〟したのが残念だった。私は「左翼」と目される朝日の記者には何人も会ったが、イデオロギーに殉《じゅん》じる覚悟を感じさせる者には、会ったことがない。

私の独断かもしれないが、覚悟は顔つき、目つきに表れるものである。I先輩もH記者も、そういう目つき、顔つきをしていない。真底から左翼思想を信じているようには、とても見えない。二人の他の左翼記者も、私の目には大抵はそうだった。

彼らは処遇に対する不満や、同僚への嫉妬《しっと》やひがみから、イデオロギーに走ったのではないか。私にはそんな気がしてならない。要するに底が浅いのである。さらに言えば、朝日では左翼の仮面を着けている方が何かと便利という打算があるかもしれない。私が民主党政権誕生に拍手した政治学者を信じないのも、同じ理由からである。

繰り返しになるが、今浦島のような私にとって、十六年ぶりの編集局は、びっくりすることばかりだった。その一つは、社内、局内にカタカナ英語が氾濫《はんらん》していることである。日本の言論機関としての自覚や誇りがあるのなら、もっと日本語を大切にすべきだろう。それなのに、いとも安易にカタカナ英語を使う。白人コンプレックスから抜け切っていないのではないか。私はそんな気がした。

「運動部」が「スポーツ部」と看板を変えた理由を聞いた時は耳を疑い、開いた口が塞《ふさ》がらなかった。ある時、子供を持つ父親という読者から電話があり、「運動部と言うと、子供は市民運動の運動と混同するようです。何とかなりませんか」と言われたそうな。それは大変だ、将来の読者を一人失わないようにしようと、デスク、部長が鳩首《きゅうしゅ》協議をし、「スポーツ部」とすることにしたそうなのである。

子供の思い違いと言えば、作家の向田邦子さんと、皇后陛下美智子様のデザイナーを三十五年務めた植田いつ子さん（いずれも故人）の二人は子供の頃、名曲『荒城の月』の「めぐる盃《さかずき》」を「眠る盃」と思い込んでいた。おじさんたちは盃を交わすと大抵、眠ってしまうからである。

「めぐる盃」を「眠る盃」と思い込んだまま年をとるなどということは、考えにくい。人間はいずれ「めぐる盃」だとわかる時がくる。

同じように、野球やサッカーなどの運動と市民運動の運動が違うことは、大人になればわかるはずである。どうして電話に出た運動部の記者は父親に、落ち着いてそういう話をしなかったのか？　その上で、「お子さんには運動部の運動は、運動会の運動と同じだよと説明してはどうでしょう」と言わなかったのか？　一人の子供の疑問で歴史のある部署の名称を変えるとは、不見識にも程がある。

昔、『週刊朝日』は春になると、大量の学生アルバイトを使い、東大合格者高校別一覧という企画を続けていた。私などは、春の高校別一覧と夏の高校野球は、日本人が自分の母校や郷里に思いを馳《は》せる、毎年恒例のふるさとの歌祭りのようなものだと考えていた。それを私の二代前の編集長は、止めた。読者から、東大合格者の数を競わせるのは受験戦争をあおる、朝日の看板が泣くという電話があったからだと説明された。電話の数は七本とも十本とも聞いている。

何事も毀誉褒貶《きよほうへん》はあって当然ではないか。高校別一覧がコンスタントに売れたのは、多くの読者が支持していたからだろう。高校別合格者を止めたところで受験戦争が鎮まるとは、とても思えない。本気でこの戦争を収めるつもりなら、「東大卒は頭がいい」という世間の迷信を除くことだと私は考える。それは一週刊誌にできることではない。

世間と言えば、世の中は物騒になっているのに何でも「大丈夫」ですませる風潮が気になる。コンビニでは店員が「袋は必要ですか？」と言わずに「袋、大丈夫ですか」と聞き、客は客で「結構」と言わずに、「大丈夫」と応える。使う語彙《ごい》が少なくなるばかりで、日本語は痩《や》せる一方のような気がしてならない。

レストランに最寄り駅からの道順を電話で聞くと、一向に要領を得ない。ジレッたくなって声を荒らげることがある。明らかに、順序よく説明する訓練を受けていないようである。ジャーナリストは二言目には「説明責任」と言うが、彼自信、読む人がわかるものを書いたことがあるのか。はなはだ疑問である。

国語学者、大野晋《すすむ》さんは日本を代表するカメラ・メーカーがテレビ・コマーシャルで、「make it possible with……」（「——は何でもできます」）と流し始めた時、「日本人はこれまで、英語の単語を使うことはあっても、英文をそのまま使うことはなかった。賢い日本人は自分の〝城〟を英語に明け渡さなかったんだけど、最近は変わったのかもしれないよ。日本人は頭の中を壊されていることに気がつかないのかなあ」

と、日本語とこの国が危機に瀕《ひん》しているのではないかと言った。

大野さんはラ抜き言葉について、「可能と受動で使い分ける。僕は使わないけど、ラ抜き程度の変化は、認めてやってもいいよ」と、柔軟な考え方をする人だった。そういう大野さんがいつになく深刻な顔で語ったのが、このコマーシャルのことである。「このコマーシャルは、日本語を土台から揺さぶるかもしれないね」と言っていた。

『週刊朝日』時代に私は司馬遼太郎さん、井上ひさしさん、大野晋さん、丸谷才一さん、大岡信《まこと》さん……各氏の薫陶《くんとう》をたっぷり受けることができたおかげで、理解する力、説明する力、伝える力、想像力、創造力など、私たちの持つあらゆる能力は国語力と比例するのではないか。ひいては国力もそうではないか。そう考えるようになっていた。

この考えが確信になったのが、十六年ぶりに編集局にもどった時期である。メディア、中でも活字を使うところは「日本文化の土台になるのは日本語である」という理念を持たなければいけないと、知り合いの記者には言い続けた。新聞は固有名詞や、テレビ、ファックスなど日本語にするとわかりにくくなったり、バカバカしいことになりそうな物以外はカタカナ英語を止めて日本語を使えとも言い続けた。新聞で最もよく見るカタカナ英語は「オープン」だろうが、こんなものは「開店」「開業」「開国」など、いくらでも日本語で言い換えられる。そう思っていたので、新聞でカタカナ英語を見るとムカムカし、「日本語に直せ。手間を惜しむな」と、あたりかまわず当たり散らした。

白状すると、わからず屋のデスク（これは確か東大卒だった）と揉《も》め事があり、探すと家にいたので、「そちらに行く」と電話で言うと、「困ります」と言うので、「では会社で」と言うと、それも困ると言う。「ならば、真ん中で会おう」と言ったが、これも「ノー」である。感情を抑えることができなくなり、左手で机を叩いて電話を切った。

気がつくと、遠巻きに人だかりがしている。編集局で大声で怒鳴る人間は絶滅し、私は絶滅種として珍しかったようである。運の悪いことに左手の空手チョップを食らわせた机には厚さ三ミリ程のガラス板が敷かれていた。見ると、ガラス板はヒビだらけで、使えそうにない。「弁償」と言われたらどうしようと思ったが、ウヤムヤに終わった。神は私を見捨てなかったらしい。

この他にも、朝日が嫌われるわけだと思ったことが何回もある。編集長時代のこと、深夜に女性から電話があった。東大卒の朝日政治部の女性記者で、名前は知っているが話したことはない。彼女は退社して自民党から選挙に出ることをまくし立てると、「川村さん、文化人の人脈が広いでしょ。指揮者の岩城宏之とか、有名人を紹介してよ」と言うではないか。頭ごなしな言い方に呆れ、「人脈」という、私が使わないようにしている単語をいとも気軽に使った上に、指揮者を呼び捨てにする。気に入らないことばかりで、丁重にお断りした。

朝日カルチャーセンターで「編集長のエッセイ塾」を受け持った時のこと、東京の多摩の方からくる女性がいた。彼女は地元で素人歌舞伎を主宰し、年に一度の公演は朝日に案内状で知らせていた。二十何年目だったか。待ちに待っていた朝日の記者が取材に来た。しばらく話して記者が歌舞伎は無知らしいことがわかった。翌朝、新聞記事を見ると、演目が『義経三本桜』（傍点筆者。正しくは『義経千本桜』）となっていた。女性に抗議をしなかった理由を聞くと、こう言った。「やっと取材に来てくださったんですもの。抗議なんて、とんでもないですよ」。一九九〇年代末のことだが、朝日のチェック機能は、その頃からすでに働かなくなっていたようである。

東京都心の自宅を改装してギャラリーにしたマダムは、私にこんな体験を語った。

「おかげさまで女性誌やテレビやらいろいろ取材をしていただきましたが、朝日の記者さんは絵で見ていた大名行列というか、大学病院の院長回診のようで、あまり良い感じはいたしませんでした」

編集委員になって何年目だったか、夫婦ぐるみでおつき合いをいただく作家が、直木賞に決まった夜のことである。朝日学芸部の文芸担当の女性記者から電話があった。彼女は『朝日ジャーナル』にいたことがあり、顔と名前は知っていた。直木賞作家の面白い話を聞かせてください、という電話である。

面識はあっても、彼女がどういうことを面白がるのか、知らない。話のしようがない。その夜、「話してください」、「無理だよ。だって君の好みは、わからないもの」。そんな押し問答を三、四回した。翌日の「ひと」欄に、彼女の書いたものが載っていた。前夜のテレビニュースをなぞったような記事で、とても読めたものではなかった。

数日して、彼女と社内で会ったのでコーヒーに誘い、「どうして俺に書かせてくれなかったの」と聞くと、険しい目つきになり、「私には川村さんのように、作家さんと銀座でおつき合いするなんてできませんもの」と、大変な剣幕である。私はただ、作家とつき合いの長い者が書く方が、読者に喜んでもらえるものができたのではないか、と言っただけで、彼女を責める気はなかった（実は、ほんの少しあった）。それにしても、銀座うんぬんは考えてもみなかった。作家と銀座に行くのは、何も特別なことではなかろう。朝日では珍しい話でも、出版社なら当たり前のことではないか。

このことがあってから、彼女には社内ですれ違ってもシカトされるようになった。

十六年ぶりの編集局で、一番気になったのは、記者に社交性がなくなったことである。

記者は、人が命のはずで、社交性を失えば、面白いものや読み手の心に残るようなものは、書けないだろう。ＡＩがどんなに賢くなっても、優秀な記者や編集者のように、歴史学者の磯田道史さんやｉＰＳ細胞の山中伸弥さん、才色兼備の阿川佐和子さんと、聞く者が受け売りしたくなるような対話やシャレたおしゃべりができるようになるとは思えない。

そんな私に冷水を浴びせるような出来事が起きたのは、一九九五年のこと。入社は一年後輩で、若い時に一緒に机を並べた仲のＫ君が「天声人語」の筆者に決まった直後のことだったと記憶している。

『週刊朝日』を離れてからは司馬さんが上京されても、私は食事や酒の席は遠慮していた。そこは「街道をゆく」を連載する『週刊朝日』編集部の人間が出るものだと思っていたからである。ところが、司馬さんのお話を二、三カ月に一度、聞いていないと、不安で不安でしかたがない。思い切って奥様に電話をすると、「なにを遠慮しているの。いらっしゃいな」と言われ、編集長の時と同じように、上京された時の定宿「ホテルオークラ」の「オーキッド・バー」にゆくことにした。

行ってみると、司馬さんの目の前の席が用意されている。なんとも贅沢なことだった。

この席にゆけば、次の上京の予定がわかる。K君に「司馬さんに紹介するから、○月○日は空けといてよ」と言うと、「ボク、いいですよ」と言う。全く想定外のことだったので、理由を聞くのを忘れた。

K君が「天声人語」を書くようになって三カ月程してからだったか、昔はK君や私の上司で、K君を天人筆者に強力に推し、専務取締役になっていたSさんに、「ジロちゃん、Kが苦しんでいるようだから、力になってやれよ」と言われた。しかし結局、私はK君の力になるようなことは何もできず、申し訳なかったが、この頃から朝日では、ひきこもり症患者が目立つようになった。

しかし、こんな老人の愚痴をウダウダ書いても、気分は沈むばかりである。読者諸兄姉も、気が滅入るだろう。ここで、長年あたためてきたアイデアを披露しよう。

朝日新聞 vs 産経新聞。朝日 vs 読売新聞。世間では水と油のように思われている言論機関で、大ゲンカをしろという提案である。

ケンカと言っても、むろん言論戦、公開討論である。制限時間なしのデスマッチが望ましい。三者入り乱れての大乱戦は、歓迎である。

お互いに、言いたいことは山のようにあるはず。読者も本当はどうなのか、知りたいところだろう。このご時世、新聞を二つも三つも購読しろと言うのは、厚かましすぎる。無理である。しかし、公開の討論会を開けばいっぺんにわかる。

議題は安倍首相の評価。憲法改正。北朝鮮問題などなど。いわばケンカのタネは、無尽蔵と言っていい。私としては是非、英語教育や国語をタネにしてもらいたい。

昔から「火事とケンカは江戸の華」と言うが、手っ取り早く人を集めるのには、火事とケンカが一番である。

単に人を集めるだけなら46とか48とかいうお嬢さん達や、ジャニーズだろう。しかし、それでは思考力や判断力を磨きたいと思う人や知的な好奇心を持つ人には、見向きもされないだろう。ホンネを言えば、この国の将来、孫や子のことを真剣に考えている人たちに集まってもらいたいのである。

ホンネついでに言えば、大乱の気配濃厚な今ほど、気骨のあるジャーナリストが求められている時代はないと思っている。それには何よりもまず、新聞を読んでくれる人を増やさなければならない。気骨と社交性があって、表現力の豊かなジャーナリストが一人でも多く出てくることを祈るばかりである。まずは大ゲンカをして、新聞に興味を持ってもらうことが第一歩である。

そのためには、ケンカは派手であればあるほど良い。先に名前を挙げた新聞社には、それぞれにつながりの深いテレビ局がついている。それぞれにBSという新しい媒体がある。そういうところに、番組宣伝のように公開討論をPRしてもらうのである。

聞くところでは、朝日新聞社は二〇一七年十一月の下旬、産経新聞の月刊誌『正論』の連載エッセイの中に、朝日の名誉を損《そこ》なう記述があるので訂正を申し入れたそうな（髙山正之氏の連載コラム「折節の記」に書かれていた「安倍を呪詛できると信ずる姿」に噛みついたと、産経が報じていた）。

訂正の申し入れとは朝日らしい。しかし、表玄関を避けて勝手口にコソコソ回るようで、カッコ悪い。名誉を損なわれても裏口に回るようでは、沽券《こけん》にかかわるではないか。売られたケンカは逃げ隠れせず堂々と受けろ。天下の朝日なら、そうしなければおかしい。朝日は、公開討論会には社長が出るべきだと私は思う。会社は社長次第と考えるからである。昔、ある経済雑誌が朝毎読の社長インタビューをした。その時、「毎読は社長一人なのに、朝日はお付きが十人近くいましたよ」とインタビューした記者に言われた。これもまた、いかにも朝日らしいことである。討論会に一人では心細いのなら、主催者に頼んで、助っ人を二、三人帯同することを許してもらってもいいではないか。潔く俎板《まないた》にのることである。そうすれば、いざとなると逃げ隠れするという朝日新聞のイメージが変わるかもしれない。「勇将の下に弱卒なし」の言葉通り、社員の士気も上がるのではないか。

イメージが良くなって士気が上がれば、バンバンザイだろう。

II

志は高く。目線は低く

アイデア・キラーの功罪

学のあるバカの特徴の一つに、したり顔をして、わけのわからないことを、得得と語る――というのがある。断っておくと、この場合のバカとは、顔つきからしていかにも気難しそうで、一緒に仕事をしたり酒を呑んだりしたくない人、というほどの意味である。それ以上、深い意味はない。

大相撲のいつの場所だったか。大一番に勝ち、横綱昇進を決めてゼエゼエハアハアいっている大関にマイクを突きつけ、「大関にとって横綱とは何ですか」と聞いたNHKのアナウンサーがいた。

顔つきも声の調子も、重厚と言えばよいのか深刻なと言うべきか、とにかく重苦しい感じがした。このアナウンサーは、後日、作家の丸谷才一さんに「この質問は親子丼にとって鰻丼とは何ですかと聞くようなものだ」とからかわれることになった。いうまでもなく、愚問である。

同じ愚問でも、日本テレビだと印象が軽い。これは、長嶋茂雄監督がユニホームを脱いだときの記者会見でのこと。日テレのアナウンサーが、「長嶋さんにとって、野球とは何ですか」と質問した。背番号「3」にとって、野球は仕事で、人生そのものと言っていいだろう。聞くまでもないことである。

ただ、このアナウンサーには救いがあった。NHKのアナウンサーと違って、深刻な響きを感じさせない声だったからである。

ところが最近、NHKにはこのアナウンサー以上に厄介な人がいることを知った。『プロジェクトX』の制作スタッフを、こう言って批判したというのである。「この番組は、日本のいまを描いていない」。この話を聞いて他人事とは思えず腹が立ったのは、批判したのが、制作現場の人間だったからである。この番組には私自身、時に「視聴者を泣かせようとしているな」とか、「ナレーションの文章は『だった』という結びが多すぎないか」と思うことがある。同時に、週刊誌と新聞で連載企画を書いた経験から、長期間、番組の質を維持することがいかに大変か、想像してスタッフに同情もしていたからである。

夕刊に毎日コラムを連載したときは、正直に言うと、「今日はこれで勘弁して下さい」と思いながら書いた日がある。あのイチローでも打率四割は難しいのだから、ジローなら三割で御の字だろうと、自分を慰めたこともあった。表現の世界では、打率十割ということはありえないだろう。

梅若六郎《うめわかろくろう》といえば、新作能に最も熱心な能役者である。彼は新作を発表するたびに、こういう話をする。

「失敗を恐れて新作を創らずにいたら、能はただの保存芸能になってしまいます。そうしないために、打率がたとえ一割でも、後世に残るものができればと思って、僕は新作能に取り組んでいるんです」

『プロジェクトX』は宣伝を嫌うNHKにあって、実在の会社名を堂々と出すところだけでも画期的な番組だった。局内の抵抗は想像を超えるものがあったはずだ。

それにしても、「日本のいまを描く」とは、どういうことだろう。まさか渋谷の街角にテレビ・カメラを据えつけろ、ということではあるまい。制作の現場にいる人間なら、具体的に、だれが聞いてもわかる批判をすべきだろう。

こういう、一種浮世離れのした人は、ある程度の歴史と規模を持つ会社には業種を問わず、いるものである。それは後述するが、私も予想もしない反応に絶句したり、目をシロクロさせたことがある。

その① 夕刊一面にコラムを連載していた時のこと。

ゴルフの練習魔の作家が、ティーの代わりに筆の先を切って地面に立て、それに向かって素振りをした。筆には墨汁が含ませてある。クラブヘッドのソールにつく線で、スイングがアウト・サイド・インになっていないか、チェックするのである。

ところが、まともに筆を叩いたために、返り血ならぬ返り墨を浴び、この練習は一回でやめたという話を書いた。デスクに原稿を出すと、彼は、「僕はゴルフに興味がないんですが、読者の中には僕みたいな人もいると思います。そういう人にもわかるように、ティーを日本語にしてもらえませんか」と言った。

ティーの日本語訳など、見たことも聞いたこともない。第一、ゴルフに興味のない人がこの話を読むとは、考えにくい。ゴルフ人口が二千万人とも三千万人ともいう時代、ティーを日本語にする必要が、どこにあるのだろう。デスクにはそう言った。すると彼は席を立ち、しばらくしてもどると「ティー」の下に（打座）と書いた。あわてて、「打座なんて書いたら、僕が笑い者になりますから」と頼んで、何とか思いとどまってもらった。

その②　朝日の看板コラムの一つを書く記者の話である。

彼の書くものには引用が多く、しかもゲーテやシェークスピアならまだしも、私など、はじめて見る名前の哲学者や詩人の著書からの引用もある。何しろ、引用された本の出版社の編集者が、「宣伝になるからありがたいですけど、それにしても引用につぐ引用で、かまわないんですか」と、心配するほどなのである。

それだけではない。飲み屋で販売局や広告局の人間と一緒になると、「あのコラム、難しすぎます。何とかなりませんかね」と言われる。そのたびに、「俺も彼には何回か言ったさ。でも、君らも本当に自分の会社が大事だと思ったら、昼間、会社ではっきり言うべきだよ。言ったからといって、クビにはならんだろう」と言ったものだ。

実際、後輩のその記者には、「僕らの仕事は引用ではなく、自分の目や耳で確かめた事実を書くことだろう」と言ったこともある。すると彼は、「しかし事実には、二通りあります。一つは自分の目や耳で確かめたものですが、もう一つの事実は」と言って、もう一つの事実なるものを説明してくれた。ところが、説明がむずかしくて、こちらに学がないせいか何が何やらさっぱりわからなかった。

ところで、「学のあるバカ」は、「学はあってもも頭が良くない人」、「学校秀才」と言ってもよい。逆に「頭の良い人」とは、むずかしいことを、だれにもわかるように説明できる人のことである。たとえば経済なら、金融と財政の分離を、わかりやすいたとえ話を使って説明できる人は、頭の良い人である。

次に、どこの会社にもいる「むずかしい人」に共通する特徴を挙げてみる。

彼らは立派な大学を、優秀な成績で卒業している。

彼らは見た目に暗く、職場で楽しそうにしていることが少ない。自分は大変な仕事をしている。冗談を言って職場を明るくしているようなヒマはない、と思っているのである。会議と、会議に出す資料を作らせることが好きである。午前十一時から三十分の昼食時間を挟んで午後四時までの会議などというと、妙に張り切る。そして会議が終わると、いかにも仕事をしたような顔をしている。

前例踏襲を好み、新しいことを提案すると、まず反対をする。失敗しそうな要素をたちどころに挙げ、根拠と称する数字を混じえ、整然と反対論を唱える。現場の人間がカンで言うことより、机上の空論を信用するのである。どこかで、現場を軽く見ているのかもしれない。

彼らは減点を恐れるあまり、冒険をしようとしない。たとえ失敗しても、命までは取られないのにと、有能な部下は思っている。従って大きな失敗をしない。その代わり、大成功と言うこともない。

彼らは自社のパーティーに出ても、その場の雰囲気を盛り上げようと、愛嬌をふりまくようなことをしない。そのために「冷たい人だ」とか、「きっと偉い人なのだろう」と思われることがある。しかし、それは誤解である。ただ社交性がないだけである。要するに田舎者なのである。彼らに、会話やファッションのセンスを求めないことである。――ざっとそんなところだろうか。

「しかし、会社にはそういう人も必要なんです」と言ったのは、玩具の「タカラ」の佐藤慶太社長（当時）である。

彼は、会社の人間をアイデア・ジェネレーターとアイデア・キラーの二つの型に分け、「学のある……」は、アイデア・キラーの部に分類する。

なぜ、キラーは必要なのか。「会社にキラーがいないと、ブレーキのない車になってしまいます。それでは会社が潰れます。ですから、必要不可欠の人材なのです」

なるほど。「問題は、どういう部門に置くかです。新しい商品の企画や、商品を創る現場、営業の一線に置くと、ジェネレーター、キラー、双方にとって不幸なばかりか、会社も傾きます。タカラがそうでした。僕が社長になって真っ先にしたことの一つは、アイデア・キラーを営業やクリエーティブの一線から移すことでした」

佐藤慶太社長はこうして、父親が創り、兄の代に潰れかけたタカラを劇的に立て直したのである。

お客様を見下ろすな

養老孟司さんの『バカの壁』という書名を見たとき、真っ先に思い出したのは、一本のテレビ・コマーシャルだった。一九八〇年代だったと記憶する。女優の桃井かおりが精根尽き果てた表情で、「世の中、バカが多くて疲れません?」と、溜め息まじりに言うコマーシャルである。

何の宣伝だったか、一回しか見ていないので忘れた。放映が一日で打ち切りになったからである。

どうして一日で打ち切りになったのか。バカたちが怒ってスポンサーやテレビ局に抗議をした、とは考えにくい。想像するに、お節介な人たち、俗に「人権派」と言われる人たちが、「バカは人を差別する言葉です」とか何とか、理屈にもならない理屈を言って抗議をした。抗議を受けたスポンサーの会社やテレビ局の人間は、まず怯えた。次に、「これは天下の一大事」と思った。そして、そんな必要はさらさらないのに、「問題が大きくならないように」と考え、打ち切りを決めた。おおかたそんなことだろうと、想像する。

これは私が経験したことである。一九九五年正月の夕刊から、私は一面の題字下で『きょう』という小さな連載コラムを担当することになった。歴史上、その日にどんなことがあったかを書くコラムで、私は四代目か五代目の筆者だった。

前任者は有名な人たちの命日にかこつけて、その人の残した言葉を引用するという手法をもっぱらとっていた。正直、毎日読むのが辛かった。読むと、「こんな立派な生き方をした人がいるというのに、お前は何をしているんだ」と、説教をされているような気がするからである。説教もたまにはいい。が、毎日はご免である。

そう思っていたのは私だけではない。たまに銀座の文壇バーに顔を出すと、作家や出版社の人たちから、「あの陰気で偉そうなコラム、いつまで続ける気なの?」と、からかわれた。どの人も、つき合いが長い。朝日が好きで、心配してくれていることは、よくわかる。とはいえ、こちらは一介の編集委員である。一面のコラムの筆者を代える権限はない。黙って笑っているしかなかった。

言ってみれば、いわくのあるコラムである。上司から前の年の秋に「担当しないか」

と言われ、引き受けるにあたって二つのことを自分に課した。まず一つは、読んだ人が受け売りをしたくなるような、バカバカしい話を書くこと。

四月三十日を例にとると、この日は源義経、足利尊氏、永井荷風《かふう》の命日である。枢密院ができた日である。『軍艦行進曲』が観艦式で演奏された日でもある。命日は、気が滅入る。枢密院について、新聞記者が今さら何を書くというのか。ここは『軍艦行進曲』にして、このレコードを最初にかけたパチンコ屋はどこか。探し出してその話を書く。バカバカしいとは、そういうことである。

とにかく本の引用は避ける。現場に行き、当事者や関係者の話を聞く。毎日取材をして、生ネタを書く。記者として当たり前のことを、当たり前にしようと、決めた。

第二は、読者からの抗議や苦情には自分で答えようということである。何も力んで言うほどのことではない。記者が署名入りで書いたものに責任を持つのは、当然のことだ。そこで連載を始めるにあたって、読者からの抗議や苦情を受けるセクションの人たちに、「もし苦情がきたときは、その方のお名前と住所を聞いておいて下さい。僕が返事を書きます。何なら『川村あてに手紙かハガキを出して下さい。本人が返事を書きます』とおっしゃって下さい」と頼んでおいた。

コラムの第一回は一九九五年一月四日付だった。演歌の作曲家、市川昭介さん（故人）の誕生日である。代表的なヒット曲に『さざんかの宿』がある。私は市川さんに三時間ばかり時間をとってもらい、『さざんかの宿』を作曲したとき、実はこの花を知らなかったこと。もし知っていたら、ああいうメロディーにならなかったこと。曲を書き上げて奥さんにさざんかがどんな花なのか聞いて、「何を言ってるの、あなた。うちの庭のあの花よ」と言われたという話を書いた。

こんな調子の話を続けていると、一カ月ほどして、札幌の高齢の読者から、「去年までのコラムは、格調が高かった。今年に入ってから、急に通俗的になった。これでは、朝日新聞を購読する意味がない。何十年と親しんだ新聞だが、やめる」という趣旨の手紙をいただいた。住所、氏名があったので、「まだ始めたばかりです。もうしばらくおつき合い下さい」と返事を書いた。社名の入ったハガキに万年筆で十行足らずのものである。すると、一週間もしないうちに、「朝日新聞には今まで、五十回近く投書をしたが、返事をもらったのは、はじめてです」と、返事がきた。それだけではない。編集委員室あてに、センベイを送っていただいた。

それにしても「四、五回投書したが、ナシのつぶてだった」と言うのなら、まだわかる。

「五十回近く書いて返事がない」とは、どういうことだろう。読者が何を言ってきても、無視する。そういう記者が、数は多くないと思うがいることは知っていた。彼らは、新聞社にとって読者がお客様だということを忘れているのである。どこかで読者を見下ろしているのだろう。朝日にかぎらず暖簾《のれん》の古い会社には、こういう社員がいそうである。

「川村さん、うちの会社は間違ってました」と言ったのは、社業が傾いて、外国資本に頼らざるをえなくなった自動車メーカーの幹部だった。九〇年代に入っていたと思う。その幹部は、続けてこう言った。「僕らは『うちのクルマはいいクルマだ、いいクルマだ』と、言い続けてきました。でも、いいかどうか、決めるのは作った方ではなくて、お客様なんですよね」

「お客様」というと、思い出すのは「アサヒビール」の中條高徳さん（故人）である。

中條さんは陸軍士官学校から戦後、学習院大学に入り直し、ビール会社に就職した。潰れかけた会社を『スーパードライ』で建て直した功労者の一人である。

はじめてお会いしたのは、副社長の時だった。私は週刊誌の編集長になったばかりで、「どうすれば雑誌が売れるようになるか、教えて下さい」と聞きにいった一人が、『スーパードライ』を成功させたこの人だった。

中條さんは、こんな話をした。

アサヒビールに新しい商品を開発する研究者がいます。ドイツの大学に留学して、農学博士号を取って帰ってきます。新商品を開発して発表します。売れません。「うちは営業が弱いから、いいものを作っても、売れないんだ」と営業のせいにします。挙げ句の果てに、「いいものを作っても、いまの日本人は味覚が衰えているから、わかってもらえないんだ」と言い出します。

続けて中條さんが言われたことは、正確に再現することができる。

「たかがアサヒビール風情でもそうですから、むずかしい入社試験をなさる朝日新聞社では、なおさらそうだと思って申し上げます。そこそこの人間が集まっていて、そこそこの物を作っていて、それでも売れないのは、どこかでお客様を見下ろしているのではありませんか」と言われたのである。

後になって知ったことだが、中條さんの陸軍士官学校の同期生に、朝日新聞社の役員になった人がいた。中條さんは朝日の社内事情については私以上に通じていた。

「どこかでお客様を見下ろしていないか」。ビール会社と新聞社にかぎらない。どんな会社も、お客様がいて成り立っている。あらゆる会社が拳々服膺《けんけんふくよう》してよい言葉ではなかろうか。

新聞社でいえば、読者からの手紙やハガキを握り潰す記者。ビール会社でいえば、留学して取った博士号をハナにかける開発担当者。——「学のあるバカ」には、お客様を見下ろす人間も含まれる。

目線は低く

先日、マスコミ志望の女子大生から、文章がうまくなるためには、どうすればいいでしょうかと聞かれ、「まずは筆まめになることじゃないか」と答えた。

すると、彼女は自分の右手の中指をじっと見て「わたし、ダメかもしれない」と言う。どういうことなのか、意味がわからなかった。彼女の説明を聞いて驚いた。筆まめをペンだこと勘違いしていたからである。

朝日カルチャーセンターで、主として若い人向けの文章講座『編集長のライター塾』を受け持つようになって、思わず耳を疑うような話を聞くことができた。

これは大学生ではなく、転職を考えているというＯＬだった。「メールの年賀状で『アケオメコトヨロ』って何のことか、わかりますか」と聞かれた。こちらは当時、メールとは縁がなかった。ただちに降参である。彼女の説明によると、アケオメコトヨロは「明けましておめでとうございます。今年もよろしくお願いします」の略なのだそうだ。それにしても、こういう年賀状は誰に出すのだろう。重ねて聞くと、彼女は言った。

「ヴァレンタインデーには、義理でも何でもいい。とにかく女の子からチョコレートをもらいたい。会社には、そういうオジさんがいます。アケオメは、そういうオジさんに出してあげるんです。結構、喜ばれるんですよ」

この講座は月に二回、三カ月で六回が一学期になっていて、毎学期、二十人前後の受講生がある。六年間で延べにすれば五百人近い若者に接したことになるが、彼らからしばしば受けるのは、「文章がうまくなるコツがあれば、教えて下さい」という質問だった。

それに対して私はこう答える。「もしコツがあって教えてくれるところがあれば、僕は君たちに内証にして行くよ」。

こういう問答を繰り返していると、若い人たちはこの世に完全なマニュアルがあると信じているのではないか、という気がしてくる。そこで、マニュアルがアメリカのファストフードの店で発達してきた話をする。

多民族国家のアメリカでは、ファストフードの店で働く人たちの中に、英語をほとんど話せない人がいる。マニュアルは、そういう人でも接客ができるように作られたのが元である。開けば、笑顔でまず「コンニチハ」と言いなさい、といった類《たぐい》のことが書いてある。つまり、マニュアルに書いてあるのは、もっとも基本的な、あるいはもっとも初歩的なことである。常識が書いてあるだけである。

もし私が文章を書くためのマニュアルを書けと言われたら、一、すでに定評のある文章を読みなさい。一、筆まめになりなさい。一、いい先生を見つけて、直してもらいなさい。――書くことができるのは、そんなことしかない。付け加えることがあるとすれば、「書き上げたら、声に出して読みなさい。読みにくいところがあったら、スラスラ読めるように直しなさい」。それだけである。いずれにしても、一頁でも余ってしまいそうだ。

続けて、次のような話をすることもある。有名な料亭に『吉兆』がある。君たちも、名前ぐらいは聞いて知っているだろう。そこの料理長にレシピを書いてもらい、必要な材料をそろえてもらう。そして、君たちがそれで料理を作ったとする。『吉兆』の味が出せるだろうか。「たぶん、無理だと僕は思う。料理の味の一番肝腎《かんじん》なことは、レシピには書けない。文章でも同じだ。いや、料理や文章にかぎらない。こと人間を相手にするものであれば、肝腎要《かなめ》なことは、紙に書いて教えることができない。僕はそう思っている」。

ここまで話すと、うなずく若者や身を乗り出してくる若者が出てくる。そこで、文章と料理はよく似ているという話をする。料理の命は何か。言うまでもなく、鮮度のいい材料である。とれたての魚であれば、さっと火にあぶっただけでもいいし、ブツ切りにして醤油をつけただけでもうまい。しかし鮮度がよくなければ、『吉兆』の料理長の腕をもってしても、うまい料理は作れない。たとえ作って素人の舌は誤魔化すことができても、舌の肥《こ》えた客には通用しない。

文章の命も、鮮度のいい材料である。どこにでも書いてあるような、鮮度の悪い話は、誰も読まない。新聞が特ダネを珍重するのは、とびきり鮮度のいいのが、特ダネだからである。君たちの特ダネとは何か。難しく考えることはない。君自身、および周辺にあった出来事、ドラマを書くことである。要は、「How to write」ではなく、「What to write」である。

料理におけるハウ・ツーは包丁さばきや盛り付けで、これの上手下手で味が変わる。文章でこの作業にあたるのが構成や表現である。それをととのえて、文章が出来上がる。

いい文章とは何か。私の定義は簡単だ。「へえ、そうか。知らなかった」という事柄や見方、考え方が、読みやすくわかりやすく書かれているものということである。

文章と料理の似ている点が、もう一つある。料理人が「今日はネタのいいのが入ったんですよ。いつも以上に腕を振るいましたんで、召し上がってみて下さい」と、力んでみたところで、食べてみてそれほどでもなければ意味がない。文章も全く同じだ。書いた人間が「おもしろいでしょう」といくら言っても、おもしろいかおもしろくないか、決めるのは読んだ人である。

読者の中には、目の肥えた読み手もいればそうではない人もいる。料理屋の客の中には、舌の肥えた人もいれば、一日一食はファストフードですませる人もいる。そのどちらも満足させることができた時、はじめてプロの文章、プロの料理と言える、と私は思っている。

どちらも、評判がアテにならないところも似ている。テレビや雑誌でのべつ紹介されているソバ屋があった。それこそ何でもかんでもこだわりがあるそうで、値段も高かった。ところが部屋に通されると、床の間に百合の花を飾っているではないか。花の中でも百合は香りの強いことでは一、二を争う花である。せっかくのソバの香りが台なしである。テレビや雑誌の紹介がいかにいい加減か、あらためて知った気がした。

想像するに、テレビの食番組のディレクターやプロデューサーも、フード・ライターやフード・コーディネーターという人たちも、まっとうな店でまっとうな食べ方をしている人が、少なくなったのだろう。

評判の高い新聞でも、似たようなことがある。ある新聞社の経理担当重役から聞いたのだが、彼の友人の会社が経済ニュースになり、その解説記事なるものが経済面に載った。ところがそれを読んでも、よくわからない。そこで友人に電話をし、解説記事の解説をしてもらったのだそうだ。経理の専門家が読んでわからない記事を書く経済部記者は、百合の花を飾るソバ屋と同罪である。

私は長く新聞に文章を書いているので、冒頭の数行を読めば「これはチンプンカンプンで駄目だ」とすぐわかる。しかし読者の中には「読んでわからないのは、勉強をしなかった私のせいだ」と、自分を責める人がいる。冗談ではない。八百万、一千万という読者を持つ新聞であれば経済でも政治でも、大人なら誰が読んでもわかるように書くべきである。責められてしかるべきは、書いた記者である。勘違いをしているソバ屋、目線の高すぎる記者は、自分の不勉強を棚に上げ、客や読者を軽く見ているのである。彼らをプロとは言わない。

志は高く。目線は低く。司馬遼太郎さんに教わったことを、ビールを飲みながら若い人たちに話す。数は多くないが、目を輝かせる若者が男女を問わずいる。そういう若者に接すると気分が若返って、励まされた気がする。ありがたいことに、そうした若者の何人かが、毎年、新聞社、通信社、出版社などに就職していく。ときどき拙宅に、彼や彼女から書いた記事が郵便やファックスで届く。カルチャーセンターに講座を持たせてもらってよかったと思うのは、そういう時である。

教うるは学ぶの半ばと言うが、本当にそうである。

III

言葉の現場に物申す

ラーメンにこだわるな

「最近の若いアナウンサーはものを知らなすぎる」といって、知り合いのアナウンサーが以前、こんな話をした。どこかで飼われていたワニが行方不明になり、大騒ぎをしたことがあった。そのワニが井之頭公園の池で見つかった。その時、現場から中継した後輩の若いアナウンサーが、「ワニがいま、池のそばでうつ伏せになっているところを発見されました」と、マイクに向かって言ったのだそうだ。

ワニの場合、うつ伏せ以外の姿勢は考えにくい。「ねえ、ワニが二本足で立ったりするわけはないでしょう。たぶん、マンガやアニメでしかワニを見たことがなくて、そういうものに出てくるワニは、仰向けになったり、逆立ちをしたり、しているんでしょうね」。知り合いはそう言ってあきれていた。

あきれついでに、こんな話もした。天気予報を読んでいた女子アナが、「明日は大陸のさむ気が近づくので、風邪をひかないように気をつけましょう」と言ったのだそうだ。大陸からの寒気《かんき》を、「さむ気」と読んだのである。

みんなで大笑いをしたが、こういう種類の間違いは新聞の世界にもある。「ファースト・レディー」という言い方が珍しかったころだ。アメリカの通信社から入ってきた大統領の記事だったか、この言葉が出てきた。デスクから翻訳するように言われた外報部の若い記者が、「アメリカ大統領第一夫人」と訳した。幸い、デスクが気づいて「第一夫人」が新聞に載ることはなかった。新聞の場合は、紙面ができあがるまでに何人かがチェックするから、バカバカしい間違いは防ぎやすい。

しかしこう書くと、「ワープロやパソコンの漢字変換のミスか、新聞も近ごろ、同音異義語の訂正がふえていませんか」と言われそうだ。たしかに私も数えたわけではないが、その種のミスが多くなっているような気がする。新聞人の一人として、「申し訳ありません。気をつけます」とお詫びする。そのうえで、テレビのアナウンサーやキャスターの言葉遣いにいくつか注文、希望がある。

一つは「○○に行ってみたいと思います」「○○さんに聞いてみたいと思います」「○○を食べてみたいと思います」と、何をするにつけ「みたいと思います」という言い方。

これが耳障《みみざわ》りでしかたがない。「……してみたいと思います」と言われると、なにもこちらが頼んだわけではない。番組を作るために、そうするわけでしょう。どうぞ御勝手にと、いやみの一つも言ってみたくなる。「行ってみます」「聞いてみます」「食べてみます」。これで十分ではなかろうか。ついでに、不祥事を起こした会社の社長で、「お詫びしたいと思います」と言う人がいる。この「思います」も、不要である。

もう一つは例の、「がんばって下さい」。テレビでこの言い方を一度も聞くことなく一日が過ごせたら、どんなにいいかと思う。スポーツ番組が好きなのでよく見るが、このごろは、「がんばっていただきたいと思います」と、よく言えば丁寧、悪くいえば馬鹿にしたような言い方まである。私の印象では、この言い方はフジテレビの女子アナが好む傾向がある。

番組を見ていると、彼女たちはよく、「○○選手にインタビューしてきましたので、VTRを見て下さい」と言う。インタビューとは、語るに価するものを持っている人物に、どうしてもこういうことは聞いておきたいと思う質問をすることだ。答えがよくわからなければ、わかるまで聞く。少なくとも私は、そうしてきた。ところが、スポーツ番組でインタビューという時、ほとんどはただの立ち話である。私にはそうとしか、聞こえない。「立ち話だと思うなら、見なければいい」と思われるかもしれない。しかし試合の結果を知るためには、耐えなければならない。つらいところである。

つらいといえばもう一つ。「長嶋監督が私のインタビューに、『これこれ』と話して下さいました」という言い方である。忙しい監督に会って話を聞くためには、礼儀としても頭を下げなければならない。しかしその結果を読者や視聴者に報告するとき、「話して下さいました」は変だろう。なぜなら、監督に会って話を聞いた女子アナは、視聴者の代表としてそうしたのである。監督とアナウンサーの関係は、五分五分であるはずだ。「下さいました」には、恵んでもらったという感じがある。

最後の一つは「こだわる」という言葉だ。料理番組や旅番組を見ていると、この言葉がうんざりするほど出てくる。ラーメンなら、麺にこだわり、スープにこだわり、だしをとる骨にこだわる、という調子だ。

この言葉は江戸時代にできたそうで、もともとは、否定的に使われた。「席順なんかにこだわらなくてもいいだろう」というように、どちらでもよいようなことに、目くじらを立てることはない、という気持が込められていた。それが最近は、「大切にする」という意味で使われるようになった。大きな辞書を見ると、山形の方言では昔から「念を入れる」という意味があったようだが、これが全国的に広がったのだろうか。

それはともかくとして、ラーメン屋がだしをとる骨やスープや麺を大切にし、入念に作るのは、きわめて当然のことである。わざわざ「こだわる」と断る必要はない。もし仮に、小説家を紹介して、「言葉にこだわる作家です」と言ったら、どういうことになるか。たぶん、「君のような人とは、口もききたくない」という顔をされるだろう。

しかし食べ物の世界では、これがまかり通っている。レポーターやアナウンサーが言うだけではない。当の食べ物屋の主人や料理人までが、「ええ、うちは食材にこだわってます」と、ニコニコしながら話している。意地の悪い見方をすれば、「こんなことをいう店は、行く必要がない」ということだから、貴重な発言といえなくもないが、あきれるほかない。

文筆家に串田孫一《くしだまごいち》さんという方がいた。ごく近所の人から聞いた話だが、串田さんはテレビを見ながら、「こんな番組は、孫に見せられん」と言って、しばしばブラウン管に向かってスリッパを投げつけたそうである。私も食べ物の番組を見ていて、箸もきちんと持てない人間が出てきて「まあ、おいしい」といったり、「こだわり」を連発されると、思わず串田さんの真似がしたくなる。

それにしても、昔は、つまらぬことにこだわるなと言われたのが、なぜ当たり前のことにこだわる、と言うようになったのか。考えてみるに、昔は本当に大切にしているもの、命を賭けても守りたいものが、人それぞれにあった。そういうものがあったから、瑣末《さまつ》なことには気を使いたくない。だから、「そんなことにこだわるな」と言ったのだろう。

しかし、今はそうした覚悟、信念、樹木にたとえれば幹にあたるものをもっている人間が少ない。そうなると、肝腎な幹がはっきりしないから、小枝や葉が大切に見えるようになる。つまり、そういうことではないだろうか。ひとことでいえば、全てが軽くなったということかもしれない。

とはいえ女子アナも、言葉が命の仕事である。言葉は大切に使わなければならない。それこそ、言葉や表現にこだわるのがアナウンサーの仕事である。その昔、いい文章を書くことで知られた社会部の先輩に言われたことがある。「どんな気に入った言い方でもな、しょっちゅう使ったら値打ちがなくなるんだ。カネと同じで、インフレを起こして価値が下がるんだよ。覚えておくといいぞ」。

最も価値を下げた言葉の一つが「こだわる」であることは、誰の目にも明らかだろう。

総白痴化のさ、わ、り

「取扱説明書」を「取説《とりせつ》」、「アメリカン・カジュアル」を「アメカジ」、「ビーチ・サンダル」を「ビーサン」などと略して言うのは日本人の得意技かと思っていたが、そうでもないらしい。英語に「ａｓａｐ」と書いて「アサプ」という言い方のあることを最近、知った。「as soon as possible」（可及的すみやかに）の頭文字を取った略語だそうである。外資系の銀行や証券会社では、イギリス人もアメリカ人もふつうに使っているという話だった。

そんなことを大学生と飲みながらしゃべっていると、何がきっかけだったか、彼が、「女の人の『ふくろはぎ』というのはですね」と言った。若いのに袋張りの内職の話でもするのかと思ってよく聞いてみると、「ふくろはぎ」というのは「ふくらはぎ」の間違いだった。なるほど、肉づきのいいふくらはぎは、後ろから見ると袋に見えないこともないか。

以前、『アサヒグラフ』という雑誌でアルバイトをしていた大学生が「就職先が決まりました」と言って、久しぶりに編集長をたずねてきた。高等学校の国語の先生になることが決まったのだそうだ。編集長が、「先生になるのか。それはよかった。久しぶりだから、おい、旧交《きゆうこう》をあたためよう」と、ビールに誘った。すると彼は、「旧交をあたためるって、どういうことですか」と言ったそうである。こういう人間が国語の先生になるのである。国語の運命が思いやられる。

近ごろテレビで気になる言葉の一つに、「極め付け」がある。「極め付けのラーメン」とか、「お肌がスベスベになる極め付けの温泉」とか、「あなたと彼のための極め付けのナイト・スポット」というふうに使われる。

言うまでもなく、「極め付き」が正しい。由緒の正しい書画や刀剣には、「極書《きわめがき》」がついている。鑑定の証明書、品質の保証書である。そういうものが付いていることを、「お墨付き」「折紙付き」「血統証付き」のように、「極め付き」と言った。それをたいていのアナウンサーやタレントは、「極め付け」と言っている。

アナウンサーの採用にあたっては、語感や発音のよしあしより、容姿の方がたぶん重視されているのだろう。そうやって採用されたアナウンサーや、何の才能が認められてテレビに出ているのかわからないタレントに、日本語の常識を求めるのは、無理な注文かもしれない。彼や彼女たちがニコニコしながら、「極め付けのリゾート・ホテルです」と言っても、気にしてはいけないのだろう。

しかしゲスト・コメンテーターとして画面に出るような人たちまでがそう言っているのを聞くと、大袈裟ではなく、「これで日本の将来はどうなるのだろう」という気がして、舌打ちをしてチャンネルを回すことになる。

同じように誤まって使われている言葉に、「さわり」がある。

映画や芝居や音楽のビデオの紹介で、アナウンサーやキャスター（アナウンサーとキャスターではどこが違うのか、よくわからない。きっと、新聞記者と名乗るより、ジャーナリストという方が上等だと思っている記者同様、自分の職業を誤解しているのだろう）が言うので見ていると、なんと、ほんの導入部を「さわり」と言っている。

「さわり」とは一番の見せ場、聞かせどころではないか。

カナダで開かれたサミットのニュースだったと記憶する。どこのテレビ局だったか忘れたが、現地からのレポートをする記者が、「では大統領の演説のさわりを紹介します」

と言って、流れたのは演説の冒頭だった。サミットの取材にいくのだから、首相に同行した政治部の記者だろう。新聞でもテレビでも、政治部記者は報道の花形である。よほど勉強をしないとなれないと聞く。が、肝腎な日本語の勉強をしない記者が、たまにいるようだ。それともサミットの取材には、国語辞典を持っていかないのだろうか。

それにしても、どうして「さわり」が入口や導入部になってしまうのだろう。これではライオンをネコ、メインディッシュをオードブルと言うようなものではないか。とにかく、テレビを見ていると、イライラすることが多い。

グルメ番組や旅の番組といえば「感動」を何回聞かされるか、わからない。この人たちは、本当に感動したとき――そういうことは、人生にそう何回もあることではなかろう――いったい何と言うのだろうか。他人事ながら心配になる。

それに、何かにつけて「すごい」というのは、何とかならないものだろうか。まさか「すごい」の他に形容詞を知らないわけではないだろう。

「学校とかのぉ、友だちとかとぉ、渋谷とかにいってぇ、パスタとかぁー、食べたんですよぉ。あの店、パスタとかぁ、すっごくおいしいじゃないですかぁ」。大学生の「とか」の連発は、何回聞いても耳になじまない。「とかとか症候群」と名付けた人がいるが、たしかに病気の一種だと思えば、諦めがつくかもしれない。

昔、テレビが普及し始めたころ、「テレビによって日本は一億総白痴化するだろう」と予言した評論家がいたが、残念ながらこの予言は当たったようである。

もしテレビの時代になっていなければ、こんなにひどい日本語が電波に乗ることはなかっただろう。サッカーのワールドカップの中継で、アナウンサーがサポーターと一緒になって、「キャアー、日本が勝ちました。やりました、やりました」などと叫びながら、ピョンピョンとびはねる姿を見なくてもすんだはずだ。

言葉を命とする職業の人間の語彙《ごい》がこれほど貧しくなるとは、名言を残した評論家も予想しなかっただろう。テレビを生業《なりわい》とする人たちにお薦めしたい本が三冊ある。以下、発行順に紹介する。
①丸谷才一著『日本語のために』(新潮文庫)。当代一の小説家にして批評家が、国語の大切さを四十年前に説いた名著。
②吉田直哉著『発想の現場から』(文春新書)。NHKの看板プロデューサーだった著者の企画、取材秘話の行間からは、テレビ人の志が伝わってくる。
③大野晋『日本語相談』(朝日新聞社)。日本語の最良の教師が、言葉と文法の大切さを、

易しく、そしておもしろく説明する。

テレビ人にかぎらず、「ゆとり教育」で日本を滅亡に導こうとしているかにみえる文部科学省のお役人と、向上心を失っていない新聞記者にも、読んでもらいたい。アナウンサー諸兄姉はＮＨＫの『ラジオ深夜便』を聴き、日本語の持つ美しさを思い出すのもいいだろう。ただし、『深夜便』のアナウンサーが「アンカー」と称するのは、やめた方がいいと思うが。

ノブレス・オブリージュ

カラスの鳴かない日はあっても、テレビのニュースで「先行きは不透明です」を聞かない日はない。首相官邸の前や役所の記者クラブからカメラに向かって「不透明」と大真面目に報告するＮＨＫや民放の記者たちを見ていると、親の顔を見たいとは思わないが、デスクや部長の顔が見たくなる。

私が彼らの上司なら、「『先行きは不透明です』と、『成り行きが注目されます』は、金輪際、使うな」と言うだろう。「どうしてですか」と食いついてくる部下がいたら、（最近はどこの会社も、上司に対してただ「ハイ」としかいわない社員が多いと聞く。ことに若い男の社員が、おとなしいようだ。どうも、女性の方に気骨のある社員が多いらしい）こう言ってやる。「マスコミの世界では、成り行きが注目されますは『ナリチュウ』と言うんだが、考えてみろ。成り行きが注目されないようなことが、ニュースになるか。そんなもの、たとえ報道したとしても、だれが関心を持つと思う?」。

先行き不透明については、こう教える。「お前、今までに『次の瞬間に何が起こるかわかった。先行きが見えた』と断言できることが、何かあるか?　もしあったとしても、まぐれで当たっただけだろ。学生時代にサッカーをやっていたお前なら、簡単にわかることだと思うけどな。第一、このあいだお前はマージャンをやってて、四枚目の白を振って国士無双に振り込んだそうじゃないか。サッカーもマージャンも、恋だって一寸先は闇、先行きは不透明なんだ。大人ならだれでもわかっていることは、言うな。書くなどもってのほかだ」。

悪貨は良貨を駆逐するというが、表現もそのようだ。悪いものほど、広まるのが早い。「不透明」は新聞でも、毎日、見るようになった。アフガニスタンも中東も日朝関係も、みんな「不透明」でくくられる。株価や景気をはじめとする経済ニュースは、もっとそうだ。

政治記事でもしばしば見るようになった。自民党を離れた鈴木宗男前代議士や議員辞職時の辻元清美さんの疑惑を報ずる記者たちは口々に「不透明」を連発した。予算委員会や記者会見のテレビを見るかぎり、鈴木さんも辻元さんも、この表現は使わなかった気がする。記者よりもお二人の方が、こと言語感覚においてはまともだったと言われても、しかたないだろう。

思うに、テレビの世界のみならず新聞でも、「俺たちの仕事は言葉が命だ。一字一句にもっと神経を使え」と叱るデスクが、いなくなったのだろう。これも想像だが、今のデスクたちがそもそも、そういう初歩的な教育を受けていない世代なのかもしれない。

渋谷に集まる女子高生や、テレビのヴァラエティーと称する番組ではしゃぐ若い人たちがはやらせた「チョベリバ」のような表現は、放っておいてもいつの間にか消えるから大した害はない。しかし、テレビや新聞が使う表現は違う。影響力が大きいだけではない。新聞は国会図書館をはじめ各地の図書館に保管され、記録として残るのである。後世、「平成という時代は、何事も『不透明』ですませる、取材力と筆力を疑わせる記者がいた」などと言われたら、恥ずかしいではないか。名を惜しむ記者なら、言葉に厳密でなければなるまい。

同じように気になる表現に「エリート」がある。いわゆる高級官僚や大きな会社で出世した人たちが不祥事を起こすと、マスコミが好んで使う表現である。

私は『週刊朝日』編集長時代、部員には、「『エリート』はみだりに使わないように」と言っていた。ゲラでこの言葉を見つけると、その人物のどこがどうエリートなのか、取材をした記者と担当デスクに聞くことにしていた。なぜなら、「エリート」は極めて特殊な――「ノブレス・オブリージュ」(「高貴なる者の義務」と訳されることが多い)と同じように、崇高な意味を持つ、重い言葉だと思うからである。

マスコミは東大法学部を出て中央官庁や銀行に入った人間をいとも簡単に、というより半ば自動的に「エリート」と書く。しかし彼らの中に、潔く責任を取った者がいただろうか。私の知るかぎり、彼らはいざというとき、真っ先に逃げた者たちである。言い訳に長《た》けた、ただの保身の徒である。そういう人間に「ノブレス・オブリージュ」の意識のあるわけがなく、そういう者を「エリート」と呼ぶのは、明らかに誤りだと私は考える。

会社勤めをしたことのある人なら、だれしも思い浮かぶ顔があるだろう。出た大学が一流というだけでエリートといわれて出世街道をひた走り、大した実績を上げないまま、部下にバカにされながら重役になり、子会社に天下った人たちの顔を。

私がエリートとノブレス・オブリージュという言葉を知ったのは、子供のじぶんに読んだ、イギリスについての本だった。第一次大戦の時の話だったと記憶する。最も死傷率の高かった士官は、オクスフォード大学やケンブリッジ大学の卒業生だった。彼らは、進んで最も危険な前線に出たからである。国や国民を守るために身を挺《てい》したから、エリートなのである。

こういう話もあった。塹壕《ざんごう》の中で、新兵（おそらく下層階級の出身者だろう）が誤って手榴弾《しゅりゅうだん》の安全ピンを抜いた。そのままにすれば塹壕にいる全員が死傷する。そのとき、隊長にあたる人物が、手榴弾の上に体をかぶせた。そのために彼は死に、塹壕にいた他の兵士は助かった。部下を守って身を捧げる行為を「ノブレス・オブリージュ」と言うのだ――というくだりを読んだとき、子供だったが胸が熱くなったことを覚えている。

それ以来、「エリート」と「ノブレス・オブリージュ」にはまばゆいような、特別な感情を持つようになった。

大人になって司馬遼太郎さんや城山三郎さんの書かれたものを読むうち、エリートとノブレス・オブリージュを体現した男たちを大勢、知るようになった。『坂の上の雲』に書かれた人物の多くは、そうである。ノブレス・オブリージュをわきまえたエリートを日本語にすれば、「武士《もののふ》」になるのではなかろうか。

武士は朝日にもいた。創業者の村山龍平翁がそうである。大看板『天声人語』を七〇年代に三年間書いて逝った深代惇郎《ふかしろじゅんろう》さんは、刀のかわりにペンを持つ武士だった。深代さんは、署名がある記事でもないのに、「これ、君が書いたの？　面白かったよ」と言ってくれる、若い記者にとっては神様のような存在だった。私などは、神様の目に留まって声をかけてもらったというだけで、一週間は幸せだった。深代さんのひとことを励みに、一人前になった仲間が何人もいる。

保身や出世は考えず鉛筆一本に生き、後進の手本になった記者たち。深代さんほど有名でなくても、平易な言葉で、記憶に残る記事を書き、定年とともに静かに会社を去っていった先輩を、私は何人も知っている。先輩は、「お前が俺ぐらいの年になったら、若い連中に同じことをしてくれればいいんだ」と言って、酒を飲んでも食事をしても、後輩に払わせようとしなかった。奥さんに内緒にするのはさぞ大変だったろう。自分がそういう身分になってみてわかった。

最近は若い記者たちを飲みに誘っておきながら、勘定の段になると「ワリカン」というデスクが珍しくないらしい。誇り高き精神の貴族、白洲次郎さんが好んだ言葉に、「役損」というのがある。言うまでもなく「役得」の反対だが、辞書にはない。要するに「ノブレス・オブリージュ」ということだろう。

そういえば、この片仮名には作家、開高健さんの名訳のあることを思い出した。赤坂に、開高さんがよくいったカウンターバーがある。開高さんのすわる位置はいつも決まっていた。そこにプレートが張ってある。プレートには「ノブレス・オブリージュ」と横文字があり、その下に、「位高ければ役多し」と、開高さんの訳が彫ってある。

プレートができたとき、作家は、「『役重し』とすべきやったかな」と言ったそうである。

政治部不信

評論家、立花隆さんが月刊誌『文藝春秋』に労作「田中金脈研究」を発表した時だった。社会部の駆け出し記者だった私はそれを読み、田中角栄という人物の悪賢さに唖然とした。そして、いくら自分が書いた記事ではないとはいえ、新聞がこういう人物を「今《いま》太閤《たいこう》」と紹介したことを恥じた。

出社すると、社会部は騒然としていた。新聞が月刊誌に特ダネを抜かれたのだから、当然である。驚いたのは、政治部記者の反応だった。大騒ぎをしているふうもなければ、社会部のように「抜かれた。さて、どう追いかけるか」とあわてている様子もない。逆に、こちらの方を「政治の世界を知らない連中が、また騒いでいる」というような目で見ている。そのうち政治部の方から、「『文藝春秋』に出ていることは、みんな知っていることだよ、な」と話しているのが、聞こえた。それが耳に入った社会部の若手は、「知っていたら、なぜ書かないんだ」と言って怒った。

その時、社会部の先輩記者が吐き捨てるように言った言葉は、忘れられない。先輩は、こう言ったのである。「あいつら、政治家とグルなんだ」。グルという言葉が強烈だったから耳について離れないのだが、先輩が言わんとしたのは、こういうことである。

記者は特ダネを取るために、相手の懐《ふところ》に入らなければならないことがある。しかし、懐に入ったきり、出られなくなる記者がいる。相手側の人間になってしまい、相手のマイナスになることは、知っていても書かない。田中番の記者には、そういう人間がいる。少なくとも、そう思われてもしかたのない記者がいた。

しかしこういう記者がいるという話は、政治部にかぎったことではない。他の部にもいると聞く。

知っていても書かない、あるいは書けない典型的な例は、読売系スポーツ新聞の巨人軍担当記者だろう。

ただ、政治家と番記者の場合、親密の度合が常軌を逸していることがある。社会部から『週刊朝日』に異動になってから知ったことだが、週刊誌の記者が政治家に会おうとすると、いろいろな理屈をつけて会わせまいとする番記者がいるのである。そういう経験をしてきたせいか、政治部記者の取材のしかたに対しては、見る目がどうしても厳しくなる。

滑稽でならなかったのは五十五年体制の時代、内閣改造のたびに首相官邸の前庭にテントを張って作る政治部の取材本部だった。改造は一年に一度、「人心一新」と称しておこなわれた恒例行事である。大臣になるのは、大臣になったらこういうことをしようと、確固たる理念、信念の持ち主ではなく、大臣になることが目的としか思えない人物だった。そこは現在も同じかもしれない。

迎える省庁の役人からすれば、次の年にはいなくなるとわかっている。一年しかいない大臣に対して官僚が面従腹背になるのは、だれが考えてもわかることではないか。そんなことのためになぜ、テントまで張ってお祭り騒ぎをするのだろう。大真面目でバタバタ走り回る記者たちが、滑稽を通りこして、気の毒にさえ見えた。

もっとも、政治部の記者たちの実態を見聞きするうち、彼らの多くは、この国のためにだれがどんな政策を考え、実行しようとしているかより、だれがどのポストに就くか。そこに主たる関心を持っていることがわかってきた。要は、人事が好きなのである。「政局」という単語は日本の政界独特のもので、英語などにはそれにあたる単語がないそうだが、政局とは、つまり人事だろう。

人事といえば、ある自動車会社の幹部に、「うちは自動車メーカーですから、次にどんな車を出すのかを聞いてもらいたいのですが、経済部の記者さんは、次に出す車のことより、次の社長にだれがなるのかを熱心にお聞きになりますね」と言われたことがあった。

人事好きに加え、政治部の記者で不思議なのは、記者会見で聞くべき質問をしないことである。細川護熙氏が首相で、深夜に会見をし、「国民福祉税を七％にする」と発表した時だった。細川氏はその時、七％を、「腰だめの数字だ」と言った。数字に腰だめというのがあることをはじめて知ったが、それがどういう数字なのか、だれも聞かない。

テレビ中継を見ていて、できることなら会見場に飛んでいって、聞きたいと思った。

「英語第二公用語論」が話題になった時もそうである。記者会見で「第二公用語」なる言葉がはじめて使われた時、「どんな意味ですか。その言葉の定義をして下さい」と聞いた記者は、一人もいなかった。

曖昧模《も》糊《こ》とした英語第二公用語論がそれきりになったのは、何よりのことだった。

「はじめに言葉ありき」は、政治家も記者も忘れてはならないことだろう。政治家は、聞く者がわかるように語らなければならない。記者は、読者がわかるように書かなければならない。編集長時代、政治部からきていた記者の取材で、あわてさせられたことがある。政治家はいきなり名刺を出しても、まともな対応をしない。慣れた政治部記者がいないと、政治記事が書けないというので、『週刊朝日』には政治部の記者が一人、いわば常駐していた。

あるとき、政治部からきていた記者が息せき切ってやってきて、「宮澤喜一にインタビューしたら、小沢一郎のやり方が強引すぎると言ってました。『宮澤喜一、小沢一郎を叱る』という見出しでいけます」と、言った。

当時、宮澤喜一氏は自民党宏池会の領袖。小沢一郎氏は、自民党幹事長である。これは売れると思い、その見出しを電車の中吊りや新聞の広告に使い、翌週のトップとして、五ページの記事にすることにした。ところが締切りの日になって、担当の副編集長が青ざめた顔で、「困ったことになりました」と言ってきた。その副編集長はきわめて有能な男で、記者時代、『名古屋美人絶滅の謎を追う』という企画を考え、四回連載の見事な読み物に仕立てた才人である。

何事が起ったかと思って聞くと、宮澤喜一氏が語ったテープをおこしてみたら、世間一般でいう「叱る」にあたるような言葉がない、というのである。どうやら、政治家特有の言い回しでそれらしいことを話し、政治部からきた記者はアウンの呼吸で、「これは叱っている」と判断したらしい。しかしそれではインタビュー記事にはできない。といって、五ページ分の別の記事を作っている時間はない。困ったと思っていると、才人が、「なんとか格好つけますから、まかせてもらえますね」と言ってくれた。

あらためてその男の才能に感じ入ったのは、ゲラを読んだ時だった。その男は急遽、宮澤喜一氏にインタビューした政治記者にテープおこしをした原稿を持たせ、高名な政治評論家（「宏池会」に強いといわれる人だった）のところに走らせた。そして宮澤氏がこういうふうに言う時は、こういう意味合いなのだ、という解説をしてもらい、その解説に、『同時通訳』という見出しをつけたのである。むろん、それを読めば「なるほど、そうか」と、納得のいくものになっている。

それにしても、日本の政治家の言葉を世間一般の言葉に翻訳し、「同時通訳」の見出しをつけるとは、何という才能だろう。その男に惚れ直した次第だった。

ところで、前にも書いたことだが、政治記者の好きな「とした」「としている」という表現についてである。この表現については作家、海老沢泰久《えびさわやすひさ》氏（故人）が一九九五年一月二十二日付の朝日新聞『私の紙面批評』で、文法的にもおかしいことを解説したうえで、「事実の報道を旨とし、文章のプロであるべき記者は、使うべきではない」と書いた。情理を尽くした名文である。私はこれを読んだとき、他の新聞はいざしらず、少なくとも朝日新聞からはこの表現がなくなるだろうと思った。ところが、なくならない。それどころか、少なくなる気配すらない。考えられる理由は、二つである。記者たちはこの欄を読まなかった。これが一つ。もう一つは、記者たちは読んだ。しかし、「取材の苦労を知らない作家の言うことなど、聞く必要はない」と思った。このどちらかである。いずれにしろ、記者たちがなぜ、文章のプロから文章の書き方を学ぼうとしないのか、私には理解できない。

社会部には、海老沢氏の『紙面批評』を読んでから、「としている」は書かないことにしました、という記者がいた。彼は正直に、「僕はこの表現を使ったことがあるのでわかるんですが、はっきり『と言った』と書く自信がないときに使うんです。要するに、逃げです。詰めが甘いときに『とした』『としている』と、誤魔化すんですよ」と言った。

ところが、政治部のベテランの編集委員は、「政治の世界には、『とした』としか書けない状況があるんですよ」と言った。果たしてそんなことがあるだろうか。政治というのは、まともな日本語が通用しない世界なのだろうか。私には、後で責任を問われないようにするための表現としか思えない。

ともかく私は、「とした」「としている」と書く記者も、そう書かれて抗議をしない政治家も、信用しないことにしている。

新聞記者と新聞打者

昔、といっても中学生だったころのことだから、六十年近くも前の大昔のことである。化粧品のクリームの広告で、『ホネ・ケーク』というのを見て、仰天した。ホネとは骨のことかと思ったからだ。なにかの折に英語の綴りを見て、ホネは骨ではなくハニー、蜂蜜のことだとわかってほっとしたが、ことほどさようにカタカナは厄介だ。

孫正義という人の「ソフトバンク」があちこちで話題になりはじめた時、いったい何をする会社なのだろうと、不思議に思った。

聞くところによると、孫という人は、社長室に掘炬燵《ほりごたつ》を持っているそうである。時代の最先端を走り、生き馬の目を抜くような仕事をしている人が、炬燵に入ってうたた寝をしている図を想像すると、なんともほほえましく、親しみを覚える。しかし、そこまで庶民的なら、年寄りが見ても何の会社かすぐにわかるような社名にすればよかったのにと、余計なお世話だが、考えたりする。

たぶん、ソフトバンクの「ソフト」は、機器を意味するハードに対する言葉で、いってみれば知恵のこと。ソフトバンクは、知恵やアイデアがたくさんあって、それを売る会社なのだろうと勝手に想像しているが、実のところ、正確なことはよくわからない。

それはともかく、昨今のカタカナの氾濫には、夢を見ているような気がする。もちろん、悪い夢である。記者なので、毎日さまざまの職業の人たちと会う。名刺を交換すると、会社の名前にむやみにカタカナが多い。会社の名前ばかりではなく、部署もカタカナになっている。何をしている会社なのか、よくわからないところにもってきて、どういう仕事なのかもすぐにはわからない。二重苦である（本書の発行元のWAC《ワック》や『Wi《ウィ》LL《ル》』は別にして?）。後日、そういう会社から電話がある。カタカナ名前の会社の人たちは、概してペラペラと早口だ。何回か、聞き直すことになる。

こちらから電話をすることもある。まず出るのはバイリンギャルとおぼしき女性で、これがまた大層早口である。「だれそれさんをお願いします」と言うと、「失礼ですが」と言う。「失礼ですが、どなたですか」を省略したものらしい。省略しないできちんと言えばいいものを、「失礼ですが」で止められると、まだ先があると思っていた音楽が突然、終わったような、前につんのめるような気がする。人によっては、「なんと失礼な会社か」と思うだろう。

　そういう会社を訪ねることがある。七、八階建てのビルに入っている場合は探すのも楽だが、何十階もある超高層ビルだと、探すのが骨だ。かねがね不思議に思っていることだが、ほとんどのビルの案内板は、何階にどういう会社が入っているというふうに、各階ごとに社名が書いてある。はじめて訪ねるビルで、案内板の上から下まで、目ざす会社を探すのは手間がかかる。社名をアイウエオ順に並べ、その会社が何階にあるかを表示してくれたら、どんなに助かることかと思う。

　社名といえば、証券会社の幹部から次のような話を聞いた。

　ある新聞が昔、株式欄の会社名を業種別に分けるのをやめて、アイウエオ順に並べた。ところが何日もしないうちに、元の並べ方にもどしてしまった。証券会社の幹部は、「せっかく見やすくて、いいアイデアだと思ったのに、新聞社も横並びが好きで、他の社と違うことはやりたがらないんですね」と言っていた。

　ところで、カタカナについて気になるというより心配なことが一つある。自分の仕事をカタカナでいうようになると、仕事の腕が落ちる、ということである。たとえばホステスだ。昔、女給といっていたころの銀座の女性は、毎日の新聞や週刊誌、月刊誌に目を通すのはもちろんのこと、評判の本にも目を通していて、話題を豊富に持っていた。会話で客をもてなすことができた（正確には、そういう女性もいたというべきか）。

ところがホステスときたら、タバコに火をつけるか、水割りのおかわりを作るか、することといったらそれぐらい。後は意味もなく笑っている。カラオケの注文をすると、曲名を探すのに時間がかかる。彼女たちは子供のときから辞書、事典を引きつけていないのだろう。そのせいで、言葉の並び方がよくわかっていないのではないか、と思われる。

会社の先輩に連れられていった時のことだ。先輩が歌いながら、若いホステスに「おい、合いの手を入れろよ」と言った。照れ臭いから掛け声の一つもかけてくれ、という意味である。すると彼女は大あわてで本をめくり、「そんな歌、ないですよ」と言ったのには、びっくりした。

昔は美容院といったところにも、似たような気配があるようだ。「ヘア・メイクアップ・アーティストとかヘア・スタイリストと言うようになって、仕事は体で覚えるものだという意識が乏しくなったような気がします」。そう言ったのは親しい昔気質《かたぎ》の美容師で、ちなみに彼自身は、すでにカリスマ的な存在である。彼は、「僕がついた先生は大変に腕のいい人でしたが、仕事の手際のよさ、速さでいったら、いまの僕でも勝てそうな気がしません」とも言っていた。

美容師といったころは職人（アルティザン）の意識があった。ところが、職業をカタカナで言うようになると、自分はアーティストだと錯覚するようになるらしい。彼の話を聞いていて、そんなことを感じた。

カタカナではないが、警察も「ＫＯＢＡＮ」とローマ字の表示をするようになって、力が落ちたような気がしてならない。「落としの八兵衛《はちべえ》」と異名をとった名刑事を知る私たちの世代の記者からすると、いまのように未解決の凶悪事件の多いことが信じられない。世界に冠たる日本の刑事警察は、いったいどこへいったのかと思う。

「ＫＯＢＡＮ」で思い出したが、赤坂の裏通りでこんなことがあった。花《はな》キンのせいか、車が混んでいた。おまけに直進する車と右折する車が譲り合おうとしないから、まったく動かない。「ＫＯＢＡＮ」を見ると、警官が立っている。見ているだけで何もしようとしないので、車を降りて「交通整理をして下さいよ」と頼んだ。すると若い警官は、「交通整理は交番の仕事ではありませんよ」と言ったのには、あきれて二の句がつげなかった。

ところで記者とジャーナリストの関係だが、定年になった先輩からちょくちょく、「新聞記者がジャーナリストと言うようになってから、面白い記事やいい文章が少なくなったんじゃねえか」と言われることが多くなった。先輩たちに言われるまでもなく、私もそんな気がしていた。元来職人（アルティザン）であるべきはずの新聞記者にも、芸術家（アーティスト）気取りがふえているようだ。

私は記者という言い方が好きだ。記者だからこそ、人だかりがしていればのぞきこみ、好奇心のおもむくまま、気軽に人に会ってもらおうという気にもなる。しかし、ジャーナリストと言われたら、正直なところ、何をすればよいのかわからない。大所高所から、訳知り顔で立派なことの一つも言わなければいけないような気もする。しかしそんな柄ではない。

新聞社でワープロが使われだしたころだった。尊敬する先輩が、ワープロのキイを打つ若い記者たちを指さして、「おれたちは新聞記者だけど、おい、あいつらは新聞打者だな」と言った。

それから三十年がたった。私はジャーナリストはおろか、まだ打者にもなっていない。原稿はいまでも手で書いている。

鷹揚と応用

朝日新聞社が有楽町にあったころ、毎月二十五日の給料日になると、一階の受付は、飲み代を取りにくる着飾った銀座の女性たちの行列ができ、それはそれは華やかだった。

そのじぶん、社会部には「オレ、家二軒分は飲んだな」などと言って、貧乏を自慢し合うような先輩が何人もいた。そういう先輩から聞く朝日の〝事件簿〟はおもしろかった。その一つに「美人の首なし事件」がある。

ある日の新聞に、「美人の首なし死体見つかる」という見出しの記事が載った。首がないのにどうして美人だとわかるのか、と気がついたときは、輪転機が回り始めた後だったという事件である。「そのころは、女が殺されたらその女は美人だと、相場が決まっていたのよ」というのが、酔った先輩の言い訳とも何ともつかない解説だった。

「ゾウ事件」という話も、よく聞かされた。一ドルが三百六十円もして、海外旅行が夢だったころのことである。社会部の記者某が、海外取材に出た。行った先がインドだったか、アフリカだったか、忘れた。憧れの海外出張に、記者某は気が大きくなったようだ。行く先々で大盤振るまいをした。その気持はよくわかる。帰ってきて、頭を抱えた。大散財の理由を説明しないことには、出張旅費の精算ができない。そこで一計を案じ、ゾウを一頭買ったことにした。ところが、ゾウの値段がわからない。わからないことは調べるのが記者である。

上野動物園に電話をし、ゾウの時価を聞いた。そしてその金額を伝票に書き、経理に出した。受け取った経理も、ゾウの値段を知らない。確認のため、上野動物園に電話をした。同じ朝日新聞から一日に二回、同じことを聞かれ、動物園の人は驚いたらしい。こう言ったそうである。「あなた、本当に朝日新聞の方ですか。おかしいですねぇ。先ほども朝日新聞の方から、ゾウの値段を教えてくれと、電話がありましたよ」。こうしてインチキは露顕した。

しかしこの事件で、記者某がお咎めを受けたという話は伝わっていない。朝日新聞社にコスト・パフォーマンスなどという言葉が、なかったころのことである。おそらく、書いた記事さえおもしろければ、予算を少々オーバーしても不問にふすという、暗黙の了解があったのだろう。夕方、社会部の遊軍席にいると、酒気をおびた先輩から、「オレたちは遊び暮らしていてもな、半年に一本、一面トップの特ダネを書けば、問題ねえんだ。そこがこの会社のいいところさ」と、よく言われたものである。

次は『週刊朝日』時代、一緒に仕事をした二人の後輩の話。一人は京大卒のA、もう一人はAの一年後輩で東大卒のS。振り出しの支局でのことである。

記者はまずサツ回りから始め、県警本部の記者クラブに詰めることになる。AがSとクラブにいると、「買い物帰りの自転車のおばさんが、左折しようとしたダンプカーにはねられた」と、交通事故の一報が入った。それとばかり押っ取り刀で、Aは支局のジープに新人のSを乗せ、現場に急行した。現場に着くと、割烹着姿の女性がうつ伏せに倒れ、脇にペシャンコになった自転車がある。はねたダンプカーの運転手を従えて、警察官が現場検証をしている。

よく見ると、女性の周りには白いモノが点々と散っている。一年先輩のAが言う。「S君、これは女性の脳ミソだ。この女性は死んでいる。新聞は死体の写真を載せないけど、何事も練習だから、写真を撮れよ」。そう言われてSは、月賦で買ったばかりのアサヒペンタックスのファインダーをのぞく。「S君、写真はいろいろなアングルで撮るんだよ」とAに言われ、一年生のSは、撮る位置を変え、シャッターを押し続けた。

するとどうしたことか、死んだはずの女性がむっくり起き上がった。

Aが「脳ミソ」と言った白いモノは、おばさんが夕飯に買った豆腐だった。トラックにはねられたものの、軽い脳震盪《のうしんとう》ですんだらしい。

Sはその後、戦乱のベイルート支局長になり、局舎に砲弾が当たるのものともせず、迫真のルポルタージュを書き続けた。『週刊朝日』でも数々の名作を書き、後輩たちの面倒をよく見た。朝日には、「今の僕があるのは、Sさんに鍛えてもらったおかげです」という記者が、いろいろな部署にいる。四十代の半ばで病死したのは、何とも惜しいことだった。Aもまた、ユニークな企画で名物記者の一人になり、『週刊朝日』の編集長を務めた。

名物記者といえば、とうに定年になったY先輩がいる。酒はいくら飲んでも、酔わない。色白の顔が少し赤らむだけで、何時になってもニコニコしていた。大学時代、ヨット部の主将をしていたそうで、腕が丸太ん棒のようだった。

社会面に書いた記事で、美談の主の名前を間違え、その人の家に手土産を持ってお詫びにいった。住まいは、古い木造アパートだった。ノックをした。中から「どうぞ」と言われ、ドアを引いた。大した力を入れたわけでもないのに、ドアが壊れた。そのアパートのドアは、引くのではなく押すドアだった。Y先輩は、名前を間違えたうえに家を壊した記者として、社内でたちまち有名になった。

あるとき、好きなヨットの話を書いた。「ヨット・ブームは結構だが、ルール違反やマナー違反が目につく」という記事である。

その記事がテレビ局の目に留まり、Y先輩は報道番組の解説を頼まれた。「ヨット・ブームを斬る」というコーナーの解説である。

画面に海原が広がり、真ん中にヨットが浮かんでいる。画面を見たY先輩が、「これはいけません。このヨットは三人乗りなのに、五人も乗ってますね。ルール違反です」と言った。その言葉が終わるのを待っていたように、カメラがヨットに寄り、画面にヨットがアップになった。なんと、真ん中で太い腕を組んでスクッと立っていたのは、Y先輩だった。

テレビ局も困っただろうと思う。もっと困ったのは、Y先輩である。ひとことも発することなく、汗をふきふき、そのコーナーが終わるのを待ったそうである。その後、テレビ局からY先輩に声がかかることはなかったと聞いている。

ちょっと前まで、この手の伝説はどこの会社にもあったはずだ。「最近は、個性的な人間がいなくなりましたねえ。それがサラリーマン化ということでしょうか」という嘆きをあちこちで聞く。歴史の古い会社では、この傾向が特に強いようだ。民主主義教育で均質化が進んだ結果だろう。

見ていると、平均点は高そうだが、面白味に欠ける。そういう記者が朝日でも、多くなった気がしてならない。その結果、どういうことが起こるか。

後輩を、さまざまな分野で活躍する人たちが集まるパーティーに誘い、紹介する。ところが、名刺を交換したきり、黙っている。新聞記者なら聞きたいことがあるだろうにと思うが、押し黙っている。せめて笑顔でいてくれればと思っても、陰気な顔のままである。昨今は、誘っても「僕、いいです」という記者まで現れた。人と会うのが嫌いらしい。

そういえばサントリーの佐治敬三さんが亡くなった時のこと。「佐治さんにはお目にかかったことはないが」と始まる看板コラム「天声人語」に驚いたことがある。取材したエピソードはゼロ。開高健さんの引用ばかりで、読めたものではなかった。

気になったのは、若い記者や記者志望の若者がどう読んだか、である。記者が、当事者や関係者に会わなくてもすむ稼業だと思われては、大変である。そんな人間嫌いや、朝から晩までパソコンとにらめっこをし、合間に本ばかり読んでいる引きこもり症の記者が多くなれば、新聞が新聞ではなくなるだろう。

作文と論文

一九九〇年代のはじめ、『週刊朝日』編集長時代に入社試験の面接をしたことがある。いわゆる二次面接というものだが、面接した受験者は三日間で百人を超えただろう。

ちなみに、私が朝日新聞社を受けたころの筆記試験は、作文と一般常識と語学で、これは今も変わらない。一般常識の問題が非常識なほどむずかしく、カルト・クイズのようであることも、今も変わらない。たとえば、国際オリンピック委員会の歴代委員長はどういう順番か、正しい順に並べてあるものを選べ、なんていう問題がある。知っていて悪いことは、もちろんない。しかし覚えていることは、少なくとも記者には必要ではない。調べれば簡単にわかることだからである。知らないと困るのは、国際オリンピック委員会や日本体育協会の事務局に就職する者ぐらいだろう。

記者に求められるのは、わからないことはどこのだれに聞けばいいか、どんな本を読めばいいか、素早く判断する能力と、ただちに行動に移すフットワークの良さである。もっとも、そんなことは新聞社もわかっていて、常識問題の出来、不出来は、作文ほどに重視しないようだ。私の年は作文の題が、「大学」だった。細かいことは忘れたが、あまり勉強はせず、遊んでばかりいたことを正直に書いたのは、覚えている。

いつごろからだったか、作文から小論文になった。面接をした年の小論文は、「黒字大国日本は何をすべきか」という題だった。題を知ったとき、「何だ、これは。通産省（と、当時は言った）の懸賞論文みたいではないか」と思った。

おかしかったのは一緒に面接をした社会部長の反応で、彼は、「こんな題で器用に書くようなお利口さんとはつき合いたくねえし、部下に持ちたくねえな」と言った。全く同感だった。

参考までに合格した小論文を読むと、A君もB君も、同じようなことしか書いていない。日本経済新聞や経済雑誌『エコノミスト』で読んだようなことばかりだった。これで点をつけるのはさぞ大変だったろうと、採点役をさせられた記者たちに同情した。

それにしてもなぜ、作文ではなく小論文なのだろう。記者になって論文を書かれたら、どうするつもりだろう。新聞でも雑誌でも、記者の仕事は同じで、取材して集めた事実を、読みやすくわかりやすく書くことである。必要なのは作文の能力である。

どうして作文ではいけないのか。人事の担当者や役員に聞いたことがある。答えは二つ。その一つは、「論理的な思考力の持ち主かどうか、作文ではわからないでしょう」というものだった。これには正直、驚いた。というより、愕然とした。筋道、論理が通っていなければ、文章とは言えない。こんなことは、常識ではないか。

もう一つは、「作文にすると、マスコミ塾で受験勉強をした者が有利になる」という答えだった。しかし大々的に宣伝をしているマスコミ塾は、作文のほかに小論文の講座も持っている。そこには「合格の神サマ」といわれるカリスマ講師がいて、名文に必要な要素とやらを「カンカラコモデケア」と、経文《きょうもん》のようにして覚えさせていた。カンは感動、カラはカラフル、コは今日性、モは物語性、デはデータ、ケは決意、アは明るさの略である。しかしこれらの要素は結果として含まれることはあっても、書く前からこんなことを考える文章家はいないだろう。

受講した学生何人かに、どんな添削をしてもらっていたのか、見せてもらったことがある。案の定、テニヲハを直す程度で、いちばん肝腎な、何を書くかについては、アドバイスらしいものはなかった。

しかしこの際、それはどうでもよいことである。仮に塾で書き方の要領らしいものを教えられた学生だったとしても、かまわないではないか。どこで何を学ぼうと、書いたものがおもしろければ、問題はない。書いたものが付け焼き刃か、それとも筆者が本来持っているものなのか、それは読む者の眼力がしっかりしていれば、簡単にわかることである。

幸い朝日新聞社には、現役の記者時代に「書き手」として知られたOBが、数は決して多くないがいる。そういう人たちに作文の採点をしてもらう。OBは張り切って力を貸してくれるだろう。そんな提案をしたこともあった。

どうしても論文を書かせたいのなら、題を考えるべきである。たとえば、「敬遠の四球は卑怯かどうか論じなさい」。これなら学生でも体験に基づいて論ずることができるはず。採点する人間も、退屈せずにすむだろう。

さて面接である。

小論文でA君もB君も大差のない中身だったと書いたが、面接でも同じような印象が強かった。入れかわり立ちかわり現れる学生のほとんどが、似たり寄ったりなのである。どんなことでもいいから何か一つ、寝食を忘れるくらい打ち込んだもの、燃えたものがあれば、話が弾むのだが、それがない。勉強もそこそこ、サークル活動もそこそこ、ボランティアもそこそこ。若者の均質化が予想以上に進んでいることを知った。ごく平板な問答で終わってしまう。刺激に乏しく、退屈だった。

どんな記者になりたいのか、という質問はどの学生にもするのだが、この答えがまた、驚くほど画一的だった。その年は「環境問題」「福祉」「人権」の三つが人気だった。相手代わって主代わらずのこちらとしては、次々と現れる学生から「ハイ、人権問題に取り組んでみたいと思っています」と言われると、「ああまたか」という気になる。社会部長などは、「人権問題が好きな記者ばかりになったら、『人権部』を創らねえといけねえんじゃないか」と冗談を言ったが、全くその通りだった。

面接を受ける学生は、社会性のあることを答え、社会に対して問題意識のあるところを見せなければいけない、と思い込んでいるのかもしれない。文章はその人にしか書けないことを書くものである。作文の題が黒板に書かれたら、まず、「この題だと他のみんなは何を書くか」を考える。そしてその見当がついたら、それを捨てること。これは作文のイロハである。面接も同じで、他の者が言いそうなことは言わないようにすることだ。そうすれば、面接官の印象に残るのである。

中には、「したいことをすぐさせてもらえるわけでもないでしょう」と口をとがらせて、至極もっともなことを言う、頼もしい若者もいないわけではない。たまにそういう学生がいると、一陣の爽やかな風が吹いたようで、ほっとした。文章は読む人のことを考えて書かなければいけないが、面接も、する方の立場になって、どう答えれば相手を飽きさせないかは、考えておいてよいことである。

そういえば、「君はどんな雑誌を読んでいますか」という質問に、「オンシャの『週刊朝日』を読まさせていただいています」と、答えた学生がいた。こちらは二十一、二の学生が「御社」などというはずはないと思っているから、「オンシャ」と聞いて反射的に頭に浮かんだのは『恩赦』だった。

「読まさせて」が気になったので、「君は毎週、買ってくれているんだろ？　それなら君はお客様ではないか。こちらが、読んでいただいているんだよ」と、ついつい余計なことを言ってしまった。どうやら面接のマニュアル本に想定問答が書いてあって、「オンシャ」や「読まさせていただいています」と教えているらしい。面接は二年でお役御免になったが、この経験をしてから、知り合いの大学生には、「面接のマニュアル本は読まない方がいいよ」と言うことにした。

「お疲れさま」について

「お疲れさまでーす」と「お疲れさまでしたー」が大した意味もなく使われるようになったのは、一体、いつごろからだろう。

私が最初に「オヤ」と思ったのは、三十年近く前だったろうか。場所はビアホールや居酒屋のようなところだった。会社の帰りらしい若いOLが三、四人連れできて、「お疲れさまー」といって、ジョッキやグラスを合わせる。どこか華やぎがある。

それを横目に、私たち男ばかりの集団は、「どうも」で乾杯をすませ、仕事の話に入る。彼女たちはそれから一、二時間、ペチャクチャとおしゃべりをする。どこをどうするとこういう声になるのか、と思うような声なので、彼女たちの会話は聞き耳を立てていなくても、耳に入ってくる。話題はもっぱら、食べ物のことである。彼女たちの関心は、恋より食べることにあるらしい。もしかすると、考えたくはないのだが、若い男には、うまいラーメンほどの価値もない、ということかもしれない。

やがて彼女たちは、「お疲れさまー。また明日ねー」と言って店を出ていく。それを目で追いながら、私たちは仕事の話を続ける。——これが、いってみれば私の「お疲れさま」の原体験、原風景だった。

そのころから若い男も「お疲れさま」は言っていたかもしれないが、これは主として若い女性が言うものだと思っていた。ＯＬたちがどんな会社でどんな仕事をしているのか、見当がつかない。従ってどのくらい疲れているのか、わからない。「お疲れさま」は挨拶代わりなのだろうと思って、大して気にならなかった。

耳障りだと思うようになったのは、朝日新聞社の出入り口に、警備会社のガードマンやガードウーマンが立つようになってからである。彼らの仕事は、建物に入ってくる社員の身分証明書をチェックすることだが、身分証明書たるや、私のような科学オンチが見ても、簡単に偽造ができそうな代物である。チェックしても大した意味があるようには、思われなかった。それも、朝一度見せれば後は顔パスならまだしも、入る度に何回でも見せなければならない。面倒である。

第一、警備の仕事でお金をもらっているのであれば、たやすく偽造できる証明書などはあてにせず、社員の顔と名前を覚えるべきではないか。それが一番、確かではないか。それでこそ、警備のプロだろう。おまけに、いざ鎌倉というとき、身を挺して守ってくれそうなガードマンは、数えるほどである。ほとんどは、イの一番に逃げそうな顔つき、体つきをしている。ガードウーマンにいたっては、「君、顔色がよくないけど、大丈夫か？帰って寝てた方がいいんじゃないか」と言ってやりたくなるような女性もいて、頼りないことおびただしい。

常々そんなことを考えているところに、彼や彼女たちは何秒かおきに入ってくる人間には、「お疲れさまでーす」と言い、会社から出ていく人間には、「お疲れさまでしたー」と言う。まるで機械仕掛けのようである。無表情な顔でそんなことを言われても、嬉しくも何ともない。本当に疲れている時は、「わかってもいないくせに」と思って、腹立たしくなる。機械仕掛けのように「お疲れさまです」を繰り返すのを聞くうち、アメリカの作家、ゲイ・タリーズがニューヨークを書いた作品を思い出した。

たしか短い話を集めたものだったが、その中に、地下鉄の階段のところにすわっていて、何秒かに一度、「ウォッチ・ユア・ステップ（足元にご注意を）」と言ってチップをもらい、それで暮らす年老いた黒人の話があった。切ない話である。ゲイ・タリーズを思い出してからは、ガードマン諸兄姉に同情心がわいた。彼らだって、好き好んで機械仕掛けをしているわけではないはずだ。きっと、与えられたマニュアルに「そう言いなさい」と書いてあるのだろう。

ところがこの一、二年、若い女性の記者までが、これを乱発するようになった。会社の中で唯一、タバコが喫《す》えて机のある旧館と新館をつなぐ渡り廊下で仕事をしていると、通りかかる度に、「お疲れさまです」と声をかける女性記者がいる。記者になって十年だという。ずっと気になっていたので、ある時、呼び止めて、「おれ、そんなに疲れて見えるか」と聞いた。彼女は驚いたような顔をして、「いいえ、そんなことはありません」と言う。

「じゃあ、なぜおれの顔を見るたびに、言うんだい？」「会社に入ったとき、先輩から『会社で先輩に会ったら、お疲れさまですと言うように』と、言われたんです」

これにはちょっとびっくりした。言葉が命の新聞社で、そんな乱暴なことが言われているとは、考えもしなかったからである。

「お疲れさま、ご苦労さまというのは、目下の者を労《ねぎら》う言葉なんだよ。君に悪気がないのはわかるけど、目上の人間にそう言うのは、失礼なんだ。君に言えといった先輩にも、教えてやるといいよ」「じゃあ、何て言えばいいんですか」「無理に何か言うことはないさ。先輩と一日ハードな仕事をした後だったら、『ありがとうございました』でいいだろうし、ふだんは黙礼か会釈で十分だよ。だいたい、どんな仕事をしているのかよくわからない人に『お疲れさま』と言うのは、変じゃないか」

こんなやり取りをしてあらためて社内や車内で聞き耳を立てていると、「お疲れさま」の大洪水である。どうやら、これが目下を労う言葉であることを知らずに、使っているようだ。そこで、夕刊に毎週一回連載しているコラムに、女性記者に話したようなことを書いた。コラムは学生に作文の書き方を教えるためのものなので、よい文章を書くためには、ふだん話す言葉にも神経を使う方がいい、と付け加えた。ありがたいことに、読者から手紙やハガキ、メールで反響がきた。その中に、「目上の人にお疲れさまというのが失礼なら、何と言えばいいでしょう」という質問があった。やはり女性記者に話したようなことを返事に書いたのだが、目上に向かって「お疲れさま」は禁句かといえば、必ずしもそうではない。

上司を仕事師として尊敬する部下がいる。上司はその部下を「若いのによくやっているな」と思っている。二人がそういう関係であれば、部下が「お疲れさまです」と言っても、失礼にはならないだろう。同じ言葉でも、使う人によりまた相手により、意味合いが変わります。言葉とはそういうものでしょう。――そんな回答を書いた。それにしても、どんな人にも役に立つような返事を書くのは、骨が折れた。

女性記者には、そういう時こそ「お疲れさまでした」と言ってもらいたかった。

「君が代」と朝日新聞

入学式、卒業式といえば、私たちのころは歌う曲が決まっていた。「君が代」「螢の光」、それに「仰げば尊し」である。そして、女の子たちはだいたい泣くものだった。

今は様子が違うらしい。新聞やテレビを見ていると、「君が代」を歌わない学校があるようだ。そういう学校の先生や生徒たちは、自分たちをどこの国の人間だと思っているのだろう。私たちが何はともあれ生きていられるのは、まず地球があり、日本という国があり、国によって守られているからではないか。国には国旗と国歌がある。自明のことだ。これに敬意を払うのが世界の常識であることも、明らかである。

こう書くと、日の丸や「君が代」のために多くの人が殺され、傷つけられたではないかという人がいる。ちょっと待ってもらいたい。日の丸が人を殺したことがあるだろうか。「君が代」が人殺しをしたことがあるだろうか。もしそういう例があれば、教えてもらいたい。

人に危害を加えたことがあったとすれば、それは、日の丸、「君が代」を悪用した人間がいた、ということである。すべて、人ではないか。「君が代」について、私は若い人たちに、よくこういうたとえ話をする。

――「君が代」をこの万年筆だとする。この万年筆はおよそ千年前から使われている（元は「古今集」の詠み人しらずの和歌）。本居宣長《もとおりのりなが》が使った。漱石が使った。谷崎も使った。その万年筆を使って、川村二郎という人間が乱暴な文章を書き、それを読んだ人が死んだとする。責任は万年筆にあるのか、川村二郎にあるのか。答えは明らかではないか。

もし私が小学校の先生なら、子供たちには次のようにつけ加える。「いいかい君たち。悪い人間にならないように、しっかり勉強するんだよ」。そしてこうも言うだろう。「サッカーのワールドカップやオリンピックをテレビで見て、日の丸と『君が代』を、いろいろな国の国旗や国歌とくらべてごらん。日本の旗は、遠くからでもよく見える。とても目立ついい旗だ。日本の国歌はイギリスやフランスやアメリカの歌のように、勇ましくない。でも、いい音楽だよ。歌詞は君たちにはむずかしくて、意味のわからないところがあるかもしれない。でも気にしなくていいんだ。何度も歌っているうちに、わかってくるから。わからない言葉が出てきたら、辞書を見ればいいんだ。ワールドカップで『君が代』が流れたら、一緒に歌って覚えよう。大きくなって外国にいったとき、自分の国の国歌を歌えないと、恥ずかしいし、相手の人に信用されないかもしれないからね」。

こう書くと、国旗・国歌法が制定される時、マスコミの中でも強く反対したのは、朝日新聞ではないか。朝日の記者がそんなことを書いていいのか、という人がいそうだ。心配ご無用である。朝日新聞社が主催する毎年恒例の行事の代表的なものといえば、古い歴史を持つ全国高等学校野球選手権大会、夏に甲子園球場でおこなわれる高校野球である。球場に足を運ばないまでも、テレビで開会式や閉会式を見たことのある人ならご存知だろう。

開会式では「君が代」の演奏とともに、日の丸が掲揚される。閉会式では同じように、国歌吹奏に合わせて国旗が降ろされる。その間、この大会の会長を務める朝日新聞社の社長は、脱帽し、直立不動で国旗掲揚台に注目する。観衆には、「スタンドのみなさまも国旗掲揚台にご注目下さい」という場内アナウンスがある。すると、帽子をとって直立不動で歌う人がいる。数はごく少ないがすわったきり、耳をふさいでいる人もいる。おそらく、家族の中や親戚に先の戦争で犠牲になった人がいるのだろう。日の丸、「君が代」は、いやな記憶や悲しい思い出につながる。だから嫌いだ。そういう人間は、甲子園のスタンドにいるように、朝日新聞社にもいる。その記者は国旗・国歌法に反対する文章を書くだろう。

ただし私なら彼に、日本が独立してからは、夏の高校野球で日の丸が掲げられ、「君が代」が演奏されるようになった事実を踏まえたうえで反対論を書けよ。そうしないと、書いていることとやっていることが矛盾する。読者の信頼を失うことになるからな。そう注文する。ちなみに私は、日の丸にも「君が代」にも敬意を払う。大相撲の千秋楽にいけば、起立して「君が代」を歌う。あの歌詞は子供のころから荘厳な感じがして、好きだった。オリンピックやスポーツの国際大会で国旗が上がり国歌が奏《そう》せられると、目頭の熱くなることがある。日韓親善のサッカーの試合で、紋付羽織袴に威儀を正した演歌歌手の北島三郎さんが、そして日米野球の開会式で、若い歌手の小柳ゆきさんが、「君が代」を朗々と歌うのを聴いてからは、ますます好きになった。

さらにつけ加えておくと、いままで書いてきたことは、会社の中でも話していた。デスクの注文があれば、いつでも書く用意はできていた。書くことがなかったのは、許されがなかったからにすぎない。日の丸、「君が代」が好きだからといって、会社の中で〝迫害〃をされたことはない。それどころか、『週刊朝日』編集長を務め、その次には「編集委員」の肩書までもらった。朝日新聞社では言論の自由が、言うまでもないことだが保証されているのである。

ついでに言っておけば、朝日新聞社には読売巨人軍の熱狂的なファンが石を投げれば当たるぐらい、いるのである。

国旗、国歌にもどると、困るのは、たとえば子供たちに、「『君が代』の君は、天皇です。日本人は戦争のとき、天皇の命令でたくさんの人を殺しました。日の丸の白は人間の骨で、日の丸の赤は人間の血です」と教える先生がいることである。

「君が代」が国歌になったのは、明治政府ができて、国には国歌というものが必要だとなった時、それを決める立場にあったのが旧薩摩藩士と旧幕臣だったことに始まる。彼らは困って上司に相談したが、「そんなものはお前らで決めろ」と言われる。そこでふいと二人の口をついて出たのが「古今集」の詠み人しらずの歌だった。

徳川大名家では毎年正月に、この歌を歌っていた。徳川家の主人の長寿を願い、家の繁栄がいつまでも続くことを祈って歌ったのである。何も徳川家だけのことではない。薩摩をはじめちょっとした国持《くにもち》大名の家では歌われていた。家族が路頭に迷わないよう、

家の安泰を願わぬ者はいない。旧幕臣も旧薩摩藩士も、ともに歌っていた歌だったのである。司馬遼太郎さんの言葉を借りれば、

「めでためでたの若松さまよと同じように、日本のあちこちで歌われていた」

ということになる。

日本国が誕生してからは、戦争のたびに日の丸が振られ、「君が代」が歌われた。そのために多くの血が流れたのは事実である。しかし、少し歴史のある国の国旗、国歌なら、どの国のものでも血の匂いがするはずだ。日本も例外ではありえないだろう。国民や国土を守るためには、どうしても血を流す必要があったからである。

このように見てくると、小渕内閣のときに発表された、「『君が代』の君は天皇である」という政府見解は、無知ゆえの産物としかいいようがない。日本の平和と繁栄を願う歌なのだから、天皇陛下のことを思って歌っても、もちろんかまわない。自分の会社の社長を思っても、責める者はいない。困った時に助けてくれた人を頭に浮かべて歌っても、いっこうにさしつかえない。各人が好きな人を思って歌えばよいのである。私は、もう少し長く生きていてもらいたかった父を思って歌う。

ワールドカップ・サッカーやオリンピックになると、日本代表の選手たちのうち何人

が「君が代」吹奏に合わせて口を正確に動かすか、注意して見ている。日本を代表して世界が注目する舞台に立つ人間なら、「君が代」は歌うことができて当然だと、私は思う。

『週刊朝日』と北朝鮮

近年、日本の平和な眠りを覚ましたものの代表といえば、北朝鮮が発射したミサイル「テポドン」だろう。朝日新聞が一面トップで、「在日米軍司令部から三十一日、防衛庁に入った連絡によると、同日正午すぎ、朝鮮民主主義人民共和国（北朝鮮）の東部沿岸から弾道ミサイル一発が発射された。（中略）ミサイルの一部は日本上空を飛び越え、三陸沖の太平洋に着弾した可能性が高い」と報じたのは、一九九八年九月一日のことである。

それにしても、いきなりミサイルを発射されながら、その国を正式な国名で報じるとは、人がよすぎるのも程があると思ったのは、私だけではあるまい。

産経新聞は昔から「北朝鮮」ですませてきたが、三大紙やテレビは長い間、正式な国名付きで報道してきた。三大紙の中では読売が最初にこの習慣をやめ、朝日、毎日は遅れてこれに続いた。

北朝鮮が仕掛けた朝鮮戦争は、朝鮮民族に大きな惨禍をもたらした。その後も北朝鮮はミャンマー（当時はビルマといった）を訪問中の韓国大統領の暗殺をはかり、首都ラングーンで大がかりな爆弾テロを実行し、多数の死傷者を出した。さらには、金賢姫という美貌の女性スパイを使って大韓航空機を爆破し、多くの人命を奪った――その疑いが濃厚である。

それればかりではない。韓国内に向けてトンネルを掘り、兵士やスパイを潜入させようとした。小型の工作船で潜入をはかったこともある。いずれも韓国側の素早い対応で大事にはならなかったが、北朝鮮の狙いは韓国内に騒乱を起こし、国家転覆をはかることにあっただろう。

独裁者に「偉大なる首領さま」「将軍さま」という形容句を付け、しかもその地位は世襲である。こういう国が民主主義の国と言えるのか。北朝鮮が「朝鮮民主主義人民共和国」と名乗るのは勝手である。しかし、日本のマスコミがそれにつき合う必要は、どこにもあるまい。中華人民共和国は「中国」、大韓民国は「韓国」ですませるマスコミが、なぜ北朝鮮を特別扱いするのか。

マスコミに禄《ろく》を食《は》む者の一人として迂闊《うかつ》なことだが、特別扱いするようになった事情を最近、知った。その事情は後述するとして、『週刊朝日』の副編集長時代に体験した北朝鮮問題、あるいは北朝鮮騒動とでもいうべきことがらを記しておきたい。

きっかけは一九八四年三月に、亜紀書房から出版された一冊の本である。書名を『凍土の共和国』といい、「北朝鮮幻滅紀行」という副題がついていた。一族郎党が報復を受けないように仮名で書かれ、著者は在日の実業家だということになっていた。内容は、著者が北朝鮮に帰った兄や姉や親族に会いに行き、かの地で見聞したことである。ひとことで言うなら、その内容は想像するだにおぞましいことである。

この本が出る前にも、北朝鮮に帰った在日朝鮮人（その人数は一九五九年から八年間で、約八万八千人と言われている）が悲惨な生活を強いられていることは、ひそかに語られていた。そのつど、「在日朝鮮人総連合会（略称、総連）」は「悪質な反共宣伝だ」「韓国の流したデマだ」と否定してきた。しかし、この本によって、おぞましい実情がいわば白日の下にさらされたわけである。

『週刊朝日』編集部は取材チームを作り、取材を重ね、一九八四年四月二十日号に、「ついに在日肉親が語り始めた北朝鮮帰国者10万人の絶望――消息を絶った知識人、進路希望がかなわなかった愛国者たち」という見出しで、六ページの特集を組んだ。中身を要約すると、北朝鮮に帰った人たちの生活は『凍土の共和国』に書かれている通り、あるいはそれ以上に悲惨である、ということである。

続いて四月二十七日号に、「在日肉親が北朝鮮帰国者に送る『愛国日本円』の効力」の見出しで、続報を載せた。これは簡単に言うと、北朝鮮に帰った身内を悲惨な生活から救うためには、「地獄の沙汰も金次第」と言うが、北朝鮮も金次第だという記事である。

四月二十日号が発売された途端、『週刊朝日』編集部には、「ウソだ」「デマだ」という抗議の電話が殺到した。部内の電話が〝占領〟された状態で、編集部はその応対に忙殺された。こちらは名乗ったうえで相手に名前を聞くと、「上野のパクや」とか、「池袋のリーや」と言われることが多かった。「きちんと取材した事実です」と説明すると、「おんどりゃあ、なめとんのか、タマとったろか」と言われた。

「タマとったろか」は初めて聞く言い方だったから、意味を聞くと、「お前を殺す、いうことや」と言われた。用心のため、電車を待つときはホームの中央に立つようにした時期がしばらく続いた。

朝日新聞社には集団で抗議があった。同僚の一人は、解散した彼らの後をつけ、近所の公園で日当と弁当が配られているところを目撃した。ホテルのロビーの電話で、翌日の動員の手配をする、総連の幹部とおぼしき人物を見た同僚もいる。

この件では社会部の先輩の一人が、「本来は新聞が書かなければならないことだった。よく書いてくれたな」と言ってくれた。朝日新聞が報じないことを『週刊朝日』が書く。新聞と雑誌が補完し合うことは、朝日新聞社にとって健全なことだし、必要なことだと、私は今も思っている。

後年、司馬遼太郎さんはこの時のことにふれると、「ジャーナリズムは、小さな事実を大切にする姿勢を持たなければいけない。あのときの『週刊朝日』編集部は立派だった」と言われた。

さて、マスコミがなぜ、北朝鮮に正式な国名を付けるようになったか、ということである。今から約五十年近くも前というから、在日の人たちが歓呼の声に送られて北朝鮮に帰国した時期だったかと思われる。総連の幹部からの要請で、朝日新聞、毎日新聞、読売新聞、そして共同通信とＮＨＫの外信部長が集められた。場所は新橋の料亭である。そこで総連幹部は、次のようなことを言った。――わが国を「北鮮」と報ずるのはいけない。「北朝鮮」はいいが、必ず正式な国名を付記してもらいたい。その席には芸者がいたという話である。

それにしてもなぜ、総連幹部のひとことでこのような慣行が始まったのだろう。各マスコミの外信部内では、何も議論がなかったのだろうか。機会があれば、当時の外信部記者たちに聞いてみたいと思っている。


二〇〇二年九月十七日、小泉純一郎首相が日本の首相としてはじめて北朝鮮を訪れ、金正日総書記に日本人拉致を認めさせ、謝罪させた。

それ以来、北朝鮮の悲惨な実態が堰《せき》を切ったように、次々と明らかになった。明らかになったことをひとことでいえば、先に紹介した『凍土の共和国』に書かれていたことは事実である、ということになろう。

小泉首相以前にも、北朝鮮を訪れた政治家、マスコミ人は数多くいた。しかし彼らは肝腎なことは何も見なかった。問いただそうともしなかった。その結果、日本に帰ってから、実態とはかけ離れた報告をした。北朝鮮の主張を鵜呑みにし、「拉致はない」と言い続け、書き続けた政治家、マスコミ人が大半だったのである。マスコミ人の中には私のよく知っている人間が何人かいたから、どんな記事を書いたか覚えている。親しい記者に、「なぜ北朝鮮の言うなりに書くのか」と聞いたこともある。

小泉首相は二年後の二〇〇四年五月にも訪朝したが、二度とも、食べる物、飲む物はすべて日本から持っていった。二度とも、日帰りだった。北朝鮮は、どんな物を飲ませ、食べさせるかわからない国だからである。泊まれば、夜の間に何をされるかわからない国だからである。小泉首相はそれまでに訪朝した政治家の言動から、そうした危険を察知していたのだろう。

マスコミ人の間で、「彼は北にいって一服盛られたようだ」とか、「北に弱味を握られているらしい」と噂されるジャーナリストがいることは、よく聞く話である。彼らの書いたものを読むと、そうとしか思えないところがあるのは、確かである。

ところで――。二〇〇四年八月十五日のテレビ朝日『サンデープロジェクト』は、ジャーナリスト、田原総一朗氏が訪朝し、要人二人にインタビューした報告が、主な内容である。田原氏が、「彼らはかなり本音でしゃべってくれた」と言うと、すかさず、ゲストの石原慎太郎東京都知事（当時）が、「たとえば」と聞いた。当然の質問である。

気になったのは、この質問に田原氏が答えに詰まったことである。田原氏ほどのジャーナリストが「たとえば」と聞かれて答えに窮するような取材は、するわけがない。恐らく時間の都合だったのだろうと想像するが、本当はどうだったのだろう。

田原氏にはもう一点、北朝鮮の要人が、「曽我ひとみさんの夫のジェンキンスさんも返したではないか」と言った時、ぜひ、「曽我さんのお母さまはどうしたのか」と聞いてもらいたかった。曽我ひとみさんの誘拐のされ方を考えれば、北朝鮮の工作員が曽我さん母子をさらったことは、疑いの余地がないだろう。私と同じ気持でこの番組を見た人は、多かったのではないだろうか。

誤解のないように付け加えておきたいことがある。北朝鮮礼讃の記事を書いた記者は、中国の文化大革命についても好意的な記事を書いたということが一つ。そういう記者が朝日にいたことは、否定できない。しかしそんな記者ばかりではないことも、事実である。その一つの証拠が、先に書いた『週刊朝日』の記事である。まっとうな記事を書いた記者の名前を挙げろといわれれば、何人か挙げることができる。

『週刊朝日』VS『週刊文春』

「職業は新聞記者です」と言うと、「それでは時間が不規則なうえに、毎日、時間に追われて忙しいんでしょう」と言われることが多かった。私の答えは決まっていた。「新聞記者が他の職業とくらべて忙しいとは思いません。もちろん大きな選挙や、飛行機が落ちて人がたくさん死んだりすれば、徹夜が続くこともあります。でも、選挙や飛行機事故は、しょっちゅうあることではないでしょう。ふだんは、そんなに忙しくないんです」。

こう付け加えることもあった。「新聞社で勤務時間が長くていちばん大変なのは、出入りのハイヤーの運転手さんです。一回の勤務が二日間、四十八時間ですが、まとまって眠れるのはせいぜい三、四時間でしょう」。彼らは睡眠時間が短いだけではない。夏の暑い盛り、ハイヤーに乗ってくるなり、「エアコンの風が嫌いなので、エアコンを止めてくれ」と言うような、無茶な記者にも逆らうことができない。運転手さんが気の毒である。エアコンがいやなら、風は運転席の方だけにいくようにして、自分の席は窓を開けておけばいいだけのことではないか。

ハイヤーで夜回りに出て、目ざす家の前に着くなり、「後ろの席で眠っているから、この写真の人が帰ってきたら起こしてよ」と言う記者がいるという。そういうときは「できません」と言えばすむ。しかしそんなことを言って、本社にもどった記者がハイヤー会社に「おたくの○○という運転手は気がきかなくて困った」などと報告したらどうなるか。二度と仕事がこないかもしれない。言うことを聞くしかないわけである。

つい最近、親しい運転手さんたちから、もっと驚くような話を聞いた。ハイヤーに乗っている間じゅう、一点を見つめてブツブツ独り言を言う記者がいる、というのである。それも一人や二人ではないらしい。「降りてもらうまで、不気味で怖くてたまらないですよ。年齢は三十代が多いですね」ということだったが、この話を聞いてからは、運転手さんたちに、一層、同情するようになった。

相手によってはもう一つ、こんな話もする。確かに、記者の中には「忙しい」とか、「毎日、バタバタ仕事に追いまくられています」とか言う記者はいる。しかし私の知るかぎり、そういう記者は、大した原稿を書いていない。「忙しい」という自分に酔っていることが多い。

どんな仕事でも一流の仕事師は、格好を大事にするものである。忙しそうにしているところを人に見せることは、プライドが許さない。「忙しそうですね」と言われれば、目の下にクマができていても、「そうでもないですよ」と言うものである。この人たちに共通するのは、「鼻唄まじりの命がけ」という精神である。

次によく聞かれたのは、「『週刊文春』や『文藝春秋』は朝日をからかったり叩いたりしますが、文春と朝日は、仲が悪いのですか」ということだった。『週刊朝日』の編集長時代、講演を頼まれていくと、決まって聞かれることの一つにこれがあった。この質問には、次のように答えることにしていた。——朝日の幹部が文春をどう思っているのか、聞いたことがないのでわかりません。会社同士、仲がいいとか悪いとか、そういうことはないと、私は思います。会社がどうこうというより、すべては人でしょう。私は文春にも、酒を飲んだりゴルフをしたりする友だちが、何人もいます。

文春が朝日をからかったり、叩いたりするのは、エールの一種だと思っています。男の子が好きな女の子の気を引こうとして、嫌がるようなことをする。それと似ているような気がします。文春が朝日をバッシングするのは、その価値があると思うからでしょう。バッシングされているうちが花で、バッシングされるようなことにならなければよいが、と思っています。

実をいうと編集長の時、花田紀凱編集長の『週刊文春』をからかったことがある。「コンスタンチン」という名のロシアの坊やが大ヤケドをし、急遽、札幌の大学病院に運ばれて手術を受け、助かったことがあった。美談である。しばらくして、『週刊文春』に「コンスタンチン坊やの母親の独占手記」なるものが載った。

するとすぐ、朝日新聞の北海道支社の記者が「坊やの母親は手記など書いていない」という記事を書いてきたので、載せると、その翌週、『文春』が「『週刊朝日』は手記が取れなかった腹イセに文句をつけた。片腹いたい」と、何ページも使って特集を組んだ。よし、相手になってやろうというわけで、腕ききの記者に札幌にいってもらった。

腕ききは徹底的に取材し、ロシア語の通訳をシラミつぶしに当たった。その結果、『文春』の二人の記者は、坊やの母親が病院を出てきたところをつかまえ、二十分弱の立ち話をしたことがわかった。間に通訳が入るから、正味十分足らずである。その気になれば何ページも書ける材料があったが、「独占手記ではなく、独占立ち話だ」の見出しで、一ページ弱の記事は私が書いた。

『週刊朝日』が『文春』に反撃したというので、『夕刊フジ』や『サンデー毎日』がおもしろがって記事にしてくれた。『文春』は、それきり黙ってしまった。

花田編集長とは文学賞のパーティーなどでしばしば顔を合わせたが、彼に言ったのは――君は取材する側にいる時は相手の自宅に押し掛け、何としてでもコメントを取る。ところが取材される側に回ると、『フジ』にも『サンデー』にも、「ノーコメント」で逃げた。それは卑怯ではないか――ということである。

実は、私も『文春』に、実名入りでからかわれたことがある。「政治部不信」の項で紹介した、「宮澤喜一、小沢一郎を叱る」の件である。『文春』は、「宮澤氏は小沢一郎を叱ったりしていない。宏池会は『週刊朝日』がウソを書いたと言って、怒っている。原因は政治を知らない編集長の責任だ」と、大々的に特集した。その通りなので、一言もない。

その取材で会った『文春』の記者は好青年だった。「取材は広報を通して」と言うのが社内のルールだったが、取材する方にすれば、直接当たりたいと思うのがごく自然である。私は「広報を通して下さい」というのは、卑怯な気がしていやだった。その記者は「コメントがゲラになったら、見せる」という約束を、きちんと守ってくれた。『週刊朝日』VS花田『週刊文春』の勝負は、私の場合、一勝一敗で終わったと思っている。

Ⅳ　マイ・ウェイ

父への詫状

明治生まれの父はとうに亡くなったが、父はその昔、東京がまだ市だったころの市会議員で、市議会の予算委員長をした。大きな仕事の一つが、東京が関東大震災から立ち直った記念に隅田川べりに造った公園で、その事業の名が『帝都復興記念事業』と言ったというのだから、古い話である。

「二郎」という名をつけたのは父である。子供のころはこの名前がいやでたまらなかった。近所に「ジロー」というシェパードがいて、学校でさんざんからかわれたからだ。父を恨んだ時期もある。今そんなことがあれば、「人権問題だ」と言って、学校に怒鳴りこむ親がいそうだ。もしかすると、「いじめられた」と走り書きを残して自殺するような子が出るかもしれない。しかし七十年前は、親も子も今のように短絡的ではなかった。子供はからかったり、からかわれたり——これを今は「言葉のいじめ」と言うらしい。

いやな言い方だ――いじめたり、いじめられたりするうちに鍛えられ、大きくなっていくものだと、親はわかっていた。そんなことを考えると、昔の親は知識がないかわりに知恵があったし、教育がなくても教養はあったような気がしてならない。

父の学歴は旧制中学で終わっていたから、高等教育を受けたとは言えないが、それはともかく、私が高校に入ったころだったと記憶する。なぜ二郎という名前にしたのか、聞いたことがある。すると父は、こんなことを言った。

若いころは音楽が好きで、ヴァイオリンをかじったこともある。向島や柳橋で芸者遊びもした。競馬にこって、馬を何頭も持ったこともある……。どれもこれも初めて聞く話だったからおもしろかったが、続けて、「しかし男の最高の道楽は」と言った父の言葉は、今もはっきり耳に残っている。

こう言ったのである。「最高の道楽は選挙だ。あんなにおもしろいものはない。当選が決まったときの喜びは、他にたとえようがないものだ。ところで、選挙に勝つ一番簡単な方法は何か、わかるか。有権者が覚えやすくて書きやすい名前にすることだ。将来、お前が選挙に出たいと思う時がくるかもしれない。そう思って、次男のお前は二郎にした」。父は選挙に出るために、「庄左衛門」という親からもらった名前を「正夫」と変えたということだった。おそらく、庄左衛門で立候補して、落選したために改名したのだろうと想像する。ちなみに私の兄の名は、父の昔の名前から一字をとって庄一郎という。

この時の話で父は、「お前も大きくなったら、向島や柳橋で、芸者遊びを教えてやる」と言った。この〝公約〟が実行されないままに終ったのは、かえすがえすも残念なことだったが、何より記憶に鮮烈なのは、「選挙は最高の道楽」ということである。

道楽で身上《しんしょう》をつぶしたという話はよく聞く。しかし、道楽で財を成したという話は聞いたことがない。道楽は金儲けではなく、消費、浪費のためにするものなのだろう。

選挙は道楽だということは、要するに、政治を志す者は私腹を肥やしてはいけない、ということだと私は解釈している。

父は若いころ、尾崎行雄先生の書生をしたことがあったそうで、先生には政治家としての心がまえを学んだと言っていた。尾崎先生は名演説家としても知られ、後に「憲政の神様」と言われる人である。

父は戦後、政治を離れたが、選挙があると私を立会演説会に連れていった。小学校の五、六年生にとっては、どちらかといえば迷惑である。しかし歌舞伎座に連れていかれることにくらべれば、退屈ではなかった。

そのころの話題の中心といえば、ワンマンといわれた吉田茂首相だった。毎日のように新聞やラジオでからかわれていたが、私は子供心に、吉田さんのことをからかうのはおかしいと思っていた。父は吉田さんが好きだったから、その影響かもしれない。

つい五、六年前のこと、その吉田さんの「バカヤロー解散」について宮澤喜一元首相に話を聞いたことがある。宮澤氏に会うまで吉田さんは、本会議場で社会党議員の質問に答えた後、マイクに向かって「バカヤロー」と言ったのだと思いこんでいたが、事実はそうではなかった。予算委員会で答弁を終え、席にすわる寸前、ごく小さな声でつぶやくように「バカヤロー」といったのである。

宮澤氏は、「その時、私は吉田さんのすぐ後ろにおりましたから、はっきり覚えています」と言って、吉田さんが腰をおろしながらうつむき加減で「バカヤロー」とつぶやくところを二度、再現して見せてくれた。「しかし吉田さんはそういう弁解がましいことはいっさい、お話しになりませんでした。あの方は誇り高い精神の貴族でした」と、宮澤氏は言った。

このエピソードを夕刊に連載していたコラムに書くと、作家の城山三郎さんに、「あのコラムは昭和史を書きかえましたね」と言われた。もちろん、そんな大それたものではないが、マスコミが作り出した政治家のイメージは、必ずしも事実に基づいたものではないという一例である。

とにかく私は子供心に吉田さんは立派な人だと思っていたから、それが誤りではなかったことを知って、嬉しかった。

ところで、森喜朗氏が首相在任中のことである。カサにかかって森首相叩きをするマスコミの姿勢が、気になってしかたがなかった。

仮りにも一国の首相である。そういう人物を、どんな才能があってタレントと呼ばれるのかわからないような人間までが、テレビに出てきて無能呼ばわりをし、言葉をきわめて冷笑、嘲笑する。これほど国益に反することもないだろう。聞き苦しいこと、はなはだしい。断っておくが、森氏を評価するのか、と聞かれれば、答えは「ノー」である。

首相になる前のこと、朝日新聞の政治部長、編集局長をした先輩に連れていかれた銀座のバーで、森氏に紹介された。自民党幹事長のポストを離れた後だったと記憶している。

ほんの十分ほどの立ち話だった。「失礼ながら、無駄に太っている人だな」というのが、正直な感想だった。仕事柄、たくさんの人に会う。一流といわれる人は十分間の立ち話でも、忘れがたい言葉が一つ二つあるものである。だが、この人物からそうした言葉を聞くことはできなかった。しかしそういう人物を選んだのは、有権者である。彼を冷笑し嘲笑することは、天に向かってツバすることではないか。

いつもマスコミの袋叩きを見ていて心配なのは、次の国政選挙で投票率がどうなるか、ということだ。政治家に向かってこんなふうに悪罵が浴びせ続けられれば、有権者の足は投票所に向かわなくなるのではないか。そのことをもっとも恐れる。しかし、こんなことを書いていると、例のごとく、白洲正子さんに、「あなたね、頼まれもしないのに天下国家のことを心配することはないのよ。自分の仕事をきちんとしなさい」と言われそうなのでやめる。

さて、ジローという犬や猿にもある名前のことである。

会社に入ってから同僚に「おい、二郎」と名前で呼ばれることが普通になり、今ではすっかり気に入っている。父には感謝するばかりである。もっとも、選挙に出る気はない。

父の肖像

父が医者に、盲腸のようですから、手術をしましょうと言われたのは、私が大学に入って間のないころ。父はすでに六十を出ていた。

父は当時、『丸の内新聞合売事業協同組合』の理事長をしていた。丸の内や日比谷の大きなビルに入っている会社に新聞を配る新聞販売店で、父が主な新聞社に呼びかけて人と金を出させて作った組織だと聞いている。

ふつうの販売店と違うのは、あらゆる新聞を扱うこと。もう一つは、自分の方からは売り込みにいかず、注文がくるのを待つ。いわゆる拡張をしないことだった。この方式にすると、一人でいくつもの新聞を配ることができるので、配達をする人の数が少なくてすむ。拡張をしないから、販売経費がほとんどいらなくなる。きわめて合理的な仕組である。

父は新聞の世界では「販売の神様」と言われることがあったが、この組織は、「新聞は紙面の質で勝負すべきもので、おまけを付けて売るものではない」という彼の信念を形にしたものだった。もし日本中がこの方式になれば、新聞の世界はずっと健全になるはずだが、いつも掛け声倒れで終わっている。

さて、「盲腸」と言われた父だったが、手術をすると胃癌、それも末期だとわかった。医者は母と兄と私を別室に呼び、「手の施《ほどこ》しようがないので、開腹はしましたがそのまま閉じました。今度『痛い』と言ったら終わりです。余命は半年と思って下さい。ご本人に知られてはいけません」と言った。

まだ「告知」という言葉を新聞で目にする時代ではなかった。父の前では、母も私たちも、努めていつものように振る舞おうとした。しかしそうすればするほど、不自然な感じになる。重苦しい日が続いた。

退院して二週間ほどした夜だった。夕飯がすみ、母と私はテレビを見、父は私らに背を向けてイスにすわり、新聞を読んでいた。突然、母が父に、「お父さん、あなたは癌なんです」と言って、泣きながら医者から聞いたことをそのまま話してしまった。父とは二十歳近く年の離れた母は、全てを父にまかせて生きてきた。隠していることに耐えられなくなったのだろう。

次にどんなことが起こるのか。その時はどうするか。私はそのことで頭がいっぱいだった。悟りを開いた高僧が癌と知って半狂乱になった話は、何かで読んで知っていた。ところが父は、新聞から目を離さずこう言った。「そうか、わしは癌か。しかしわしは癌なんかで死なんぞ」。父は母を振り向こうともしなかった。この時どんな顔をしていたのか、わからない。しかし声の調子、話し方からすると、顔色ひとつ変えずにそう言ったのだと思った。

私はそれまで、父を立派だとか偉い人だとかと思ったことがなかった。子供のころ、虫歯が痛んで泣いていると、「二郎、『痛い』と言うな。言ったところで、痛くならんだろう。ムダなことは言うな」と言う。正座をさせられ、「おのれにかて」と、何度言われたかしれない。手を上げることはなかったが、威圧感があり、とにかく怖かった。

学費や本代や小遣いのためにアルバイトをする必要がなかったのだから、ありがたい父親だったことは間違いない。ただ、お金に不自由していたわけでもないのに、買い物にいくと「まけろ」という。そういうところがいやで、尊敬する気にはなれなかった。

癌だとわかる何年か前に、糖尿病と診断され、食事を厳しく制限されていた。ピーナツは一日七粒しか食べられない。若いころは北大路魯山人《きたおおじろさんじん》の『星岡茶寮《ほしがおかさりょう》』にも行った者には、耐えがたいことだったに違いない。そのイライラを母にぶつける。あまりに乱暴な言い方に、病気が言わせているのだろうとわかっていても、腹が立ってくる。おふくろにそんな言い方をしやがって、と思うと、憎くて、絞め殺してやろうかと、そんなことを考えたこともあった。

しかし、「わしは癌なんかで死なんぞ」と言って平然としている姿を見てからは、父に対する見方が変わった。もし自分が同じ立場で同じことを言われたら、どうするだろう。どう考えても、父と同じようにはできそうもない。その夜を境に、わが父ながらこれは大した男かもしれない、と思うようになった。

父は私たちに言った通り、それから二十年近く生きた。私が「病は気からというのは、本当だ」と考えるようになったのは父を見ていたからだが、それはともかくとして、私が大学を出て朝日の記者になり、九州で結婚して娘が生まれると、毎月私の家にきた。初孫がよほど嬉しかったらしい。七十をとうに過ぎていたのに、おむつをした娘を肩車しては動物園に連れていった。息子が生まれると、くる回数がさらにふえた。

私の給料日がいつかなどということは頭にないらしく、給料日の前日で全財産五百円という時、空港からタクシーできて「小銭がないから、払っておいてくれ」とカミさんに言う。その結果、残り三十円になることもあった。

昭和四十五年に東京本社に転勤になると、「新聞記者は会社の近くに住む方が、何かと便利だろう」といって、赤坂に小さな家を買ってくれた。夜半に会社から呼び出されても、タクシーを拾えば有楽町の本社まで、十分とかからない。社会部呼び出し要員の一番手だった。おかげで夜半に電話が鳴りはすまいかといつもビクビクしていたが、『週刊朝日』の編集長になると赤坂の家は威力を発揮した。都心で足の便がいいから、会社の人間にも社外の人たちにも、「よかったら、二次会はうちにきてくれませんか」と言えたからである。

赤坂に住むようになった年のゴールデンウィークだった。父と母が遊びに来て、娘と息子を上野の動物園に連れていった。息子はようやくおむつがとれたころである。妙にどんよりとして、むし暑かったことを覚えている。

まだ陽の高い時間に、母が娘の手を引き、父が息子を抱いて帰ってきた。父は家に入るなり、抱いていた息子をそっと畳の上におろした。そしてスヤスヤと眠っているのを見届けると、そのまま倒れて動かなくなった。医者を呼ぶと、「脳梗塞です。すぐにご家族を呼んで下さい」と言う。臨終が近いということらしかった。兄と妹の一家がうちに集まった。

二日ばかりすると意識がもどり、赤羽橋の済生会中央病院に移った。七階の個室である。運が良かったのだろう。十日ほどたつと、片手と片足が動くようになった。すると父は医者の目を盗んでベッドを抜け出し、エレベーターで一階に降りると、七階の病室まで、階段を昇りだした。一人で勝手にリハビリを始めたのである。

自分がそうしただけではなかった。七階の個室をノックしては、「寝てばかりいると、筋肉が萎《な》えますよ。一緒に階段を昇りましょう」と、誘って回ったのである。他の患者さんたちにとっては迷惑なことだったろうと思うが、ともかく父はこうして脳梗塞も克服した。

それにしても、よく上野から赤坂までタクシーとはいえ息子を抱いて帰ってくれたものだと思う。息子は生まれた時の体重が三八〇〇グラムだったから、重かったはずである。脳梗塞の発作と闘いながら抱き続けることは、さぞかし大変だったろうと思う。恐らく父は、川村姓を継ぐ唯一人の孫である息子を、無事送り届けることだけを考えていたに違いない。その日のことを思い出して書いていても、胸にこみあげるものがある。

父が八十三歳で亡くなったのは、昭和五十年十一月のこと。病名は癌だった。

父には申し訳ないと思っていることが、一つある。亡くなる年の六月一日付で、私は社会部から『週刊朝日』に異動になった。五月の末に報告にいくと、「そうか。新聞記者はダメか」と言って、肩を落とした。明治生まれの父には、『週刊朝日』といえどもいい加減な週刊誌の一つとしか考えられなかったのだろう。それから十四年して、編集長になった。

父の口癖の一つに、「鶏口《けいこう》となるも、牛後《ぎゆうご》となるなかれ」というのがあった。兄にも同じことを言っていたらしいが、幼い私には、「何でもいいから一番になれ」と言っていた。『週刊朝日』は三十数人の所帯だったから、決して大きな部隊とはいえない。しかし長は長である。編集長になったことを知ったら、どんなに喜んだことだろう。

残念なことがもう一つある。

生きていたら、『週刊朝日』を毎週、一万部とはいわないが、千部位、まとめて買ってくれたかもしれない。もしかすると『週刊朝日』の七〇年代の悲願、「五十万部達成」ができたかもしれない。「甘えてはいかんぞ、二郎」と言われてもいいから父に会いたいと、無性に思うことがある。

男は『軍艦行進曲』

小泉純一郎さんが横須賀の中学で管弦楽部を始めたころ、私は藤沢市立鵠沼《くげぬま》中学校の二年生で、ジャズの好きな仲間を誘って、ブラス・バンド部を創った。

きっかけは映画『ベニー・グッドマン物語』と『グレン・ミラー物語』を見たことである。時は一九五〇年代のはじめ。憧れのクルマといえばアメ車、万年筆はパーカーだった。アメリカ製は、全てがかっこよく見えた。

六つ上の兄が慶應大学の英語会にいて、ときどきアメリカ人を家に連れてくる。thやlやf、vの発音を、アメリカ人に教えてもらって得意になっていた。音楽の好きな兄はよく、ラジオの進駐軍放送を聴いていた。ラジオから流れてくるのはジャズである。ジャズは何とスマートで、パンチがきいているのだろうと思っている時に見たのが、ジャズ・マンの伝記映画である。同じ映画に興奮した友だちが何人かいた。いきなりジャズはできない。「ブラバンを創らないか」と声をかけると、たちまち「創ろう」という話になった。

音楽の先生（藤原先生と言った）のところに頼みにいくと、簡単にオーケーが出て、トランペット、トロンボーン、チューバ、クラリネット、小太鼓と、楽器をそろえてくれた。楽器を手にするのはみな、はじめてである。帝国海軍軍楽隊でクラリネットを吹いていた方に、楽器の持ち方から教わった。

ベニー・グッドマンが吹くクラリネットの『メモリーズ・オブ・ユー』にしびれていたから、クラリネットを志願した。ところが、不器用なのか、「シ」の音を吹こうとすると楽器を落としそうになる。これは向かないと思って、次にグレン・ミラーのトロンボーンにした。すると今度は、トロンボーンのマウス・ピースが大きすぎて、吹くと、口の周りがかゆくてたまらない。これも向かないと思って、マウス・ピースが小さいトランペットにした。これがすっかり気に入り、親にせがんで外側が銀メッキ、内側が金メッキの、その頃としては洒落たトランペットを買ってもらった。ブラス・バンドで吹いたのは、行進曲『錨を上げて』や『君が代行進曲』である。

街では、マンボが全盛だった。マンボでトランペットの名曲といえば、マンボの王様、ペレス・プラード楽団の『セレソ・ローサ』である。坊主頭の子供にはせいぜい一オクターブ半くらいしか音が出ないのに、家に帰ると精一杯まねをして、いい気持になっていた。そのころの鵠沼は人家がまばらだったとは言え、近所迷惑だったに違いない。

大きくなったらトランペッターになろうと思った時期もあった。ラッパ吹きになるのを諦めたのは、母親に楽器を取り上げられたからである。母は私が神奈川県立湘南高校の入試に落ちたのは、トランペットにうつつを抜かしたせいだと、思い込んでいた。しかし、実際は違う。神奈川県の高校入試のアチーブメント・テストは科目数が多く、職業家庭や保健体育といった、大学入試には関係のない科目が数学や国語並に扱われる。ところが大学入試には必須の英語は「参考科目」で、採点の対象にならない。それはおかしいと異議を唱えるつもりで、大学入試にない科目は、白紙で答案を出した。湘南高校に落ちたのは当然のことだった。バカなことをしたものだ。

それで楽器を手にすることはなくなったが、ラジオの「S盤アワー」は必ず聴き、新聞社に入ってからもジャズはLPやCDでよく聴いていた。もともと学校で習うクラシックは堅苦しい感じがして、好きになれなかった。クラシック好きはガリ勉タイプが多く、そういう連中とは遊ばないことにしていたから、坊主憎けりゃ袈裟《けさ》まで、というところである。しかし、クラシック嫌いの遠因は音楽の授業にもある。

テストというと、「次の作曲家と曲名を結びなさい」とくる。聴いて楽しめばいい音楽を、暗記しなければならない。音苦である。おまけにレコードを聴かされて、感想文を書かされる。後で感想文を書かなければならないかと思うと、これまた音苦である。「子供を本嫌いにさせる最も簡単な方法は、読書感想文を書かせることである」とは、言い古されたことだが、音楽も同じだろう。子供には好きなものを読ませ、気に入ったものを聴かせておけばよい。そんなに感想文を書かせたければ、マンガやテレビゲームの感想文を書かせてみてはどうか。書くのが嫌さにゲームをやめる子供ができれば、結構なことではないか。

それはともかくとして、敬して遠ざかっていたクラシック音楽を親しみやすいものにしてくれたのは、指揮者の岩城宏之さんである。岩城さんは、「クラシックのコンサートは気づまりなので、にが手です」という私に、「僕ら指揮者はお客様に後ろ姿がカッコよく見えるように、指揮をする時の服は、前の仮縫いは一度ですけど、背中の方は三回も四回もするんですよ。音楽はバッハもいっているように、まず、見るものです」と言われた。岩城さんに「見にいらっしゃい」といわれて気が楽になった。以来、月に一、二回はコンサートにいくようになった。音楽を聴くのに、生演奏に勝るものはないと思っている。

『週刊朝日』の編集長時代は毎朝ＣＤで、『軍艦行進曲』やスーザの作った行進曲を大音量で聴いてから家を出ることにしていた。編集長は小部隊とはいえ、一軍の将である。将たる者は、どんな時も胸を張り、堂々としていなければ、隊の士気にかかわる。朝出がけにマーチを聴くと、勇壮な響きが一日中頭の中で鳴っている。矢でも鉄砲でも持ってこい、という気分でいることができた。

しかし二カ月も続けていると、効き目がなくなってきた。次に選んだのはベートーベンの『第九』。合唱が付く第四楽章である。ベートーベンの威力も半年が限度で、最後にたどり着いたのが、ルチアーノ・パヴァロッティだった。

まず『オーソレ・ミオ』を聴く。前奏が始まった瞬間に気分が晴れやかになる。思いきり深呼吸をすると、体が軽やかになる。彼の艶やかな声は、たいていの心配事を吹き飛ばしてくれた。次は『トゥーラン・ドット』の『誰も寝てはならぬ』を聴く。最後の「ヴィンチェーロ」というのは、イタリア語で「俺は勝つぞ」の意だそうだが、これを聴くと、体中の血が熱くなる。こうしてパヴァロッティには、編集長を終えるまでお世話になった。

この世で最高の楽器は人間の声、それもテノールである——国立競技場で催された三大テナーを聴いて、この確信を一層深くした。人柄のカレーラス。音楽性のドミンゴ。しかし声は、何といってもパヴァロッティである。それにしてもカミさんと二人で二十五万円はこたえた。一番安い席は一万円しなかったが、すぐ後ろが神宮球場で、三大テナーとヤクルトの応援歌『東京音頭』が、一緒に聞こえたそうである。

ところで、音楽の好きな私は、自分を奮い立たせようと思う時は、音楽に頼る。絵が好きな人なら、絵に頼るのではないか。そんなことを考え、画家や大学の美術の先生に会うと、「朝、出がけに見ると、一日中元気でいられる絵は何でしょう」と、聞くことにしていた。いつだったか、知り合いの画家の個展の初日、その画家の友人たちと銀座に流れたことがあった。一度に大勢の専門家の意見を聞くのにいい機会だと思い、この質問をした。

すると、しばらく相談していたが、「いままで考えたこともありませんでしたが、マチスはいいでしょう。ただ、ベートーベンやパヴァロッティのような効果があるかどうかは、何とも言えませんね」という答えだった。しかしマチスのどの絵かとなると、意見が分かれた。
全員が、「やめた方がいいですよ」と言ったのは、ムンクの『叫び』だった。

わたくし的引き算術

デジタル・カメラが出はじめたころ、雑誌のグラビア・ページで考えた企画がある。タイトルは、「あなたの街をきれいにします」。銀座でも渋谷でも、あるいは地方都市の駅前でもどこでもいい。街の風景をデジタル・カメラで撮る。醜悪な形のビル。無味乾燥な建物。毒々しい薬屋の看板。えげつない色のサラ金の広告。英会話教室の看板。……さまざまなものが写るだろう。その中から、美しくない形や色、看板やネオン・サイン、場所によっては建物ごとそっくり消してしまう。コンピューターを使えば簡単にできることである。街はすっきりするはずだ。実際に街の風景を美しくすることはむずかしいが、雑誌のグラビア・ページの上なら、大した費用もかからない。読者も、とり上げた地元の人たちも、喜んでくれるに違いない。

写真に付く記事のことも考えた。そこに百円でお釣りがくるようなハンバーガーの店があれば、経営者に、そんなに安くどうしてできるのか、どんな肉を使っているのか、自分の子供や孫にもしょっちゅう食べさせているのか、といったことを取材し、文章にするのである。

候補になる場所も頭にあった。たとえば東海道新幹線の三島駅前である。ここから見る富士山は、いつも美しい。しかし残念なことに、せっかくの富士山を電線やレンタカーその他の看板が汚している。写真の上からだけでも汚れを除けば、日本一の山を描き続ける文化勲章の画家、片岡球子さん（故人）は、間違いなく喜んでくれるだろう。

四国にいけば、松山に夏目漱石も通った「道後温泉」がある。城大工が建てた木造三階の堂々たる建物である。いい手本があるのにどうして真似をしなかったのか、不思議なのだが、「道後温泉」の周りを囲むのは、マッチ箱の形をしたホテルや旅館である。情緒も何もない。そういう建物をはずし、「道後温泉」の周囲に和風建築を並べてみる。あの一角は魅力的な街になるだろう。

湘南海岸にしてもそうだ。江ノ島の方から富士山に向かって写真を撮る。その写真から、道路より海側にある建物や見苦しい幟《のぼり》の類を消し去る。素晴しい風景になるはずだ。

この企画を考えた理由は、他でもない。公共投資をすべて悪のように言う人がいる。

確かに、空港や橋や市民会館はこれ以上、いらない。足し算の時代は終った。しかし引き算のための公共投資は、必要ではないか。

孫ができて、この思いはますます強くなった。ついつい孫が成人になる時のこの国の姿を考えるからである。いまのままでいくと、孫の世代に残るものといえば、気が遠くなるような借金と、スラムと化したビル群と荒廃した国土。そして、およそ気が安まることのない風景だろう。孫たちにはせめて、きれいな風景だけでも残したい。そのためには金がかかる。完成して一年もするとカラオケ大会にしか使われないような市民会館を建てるより、はるかに生きた金の使い方ではないか。その第一歩と思ったからである。

引き算が急がれている。何より急がれるのは、コンクリートで覆われた面積を減らすことである。私が育ったころの湘南・鵠沼は、幹線道路を除いてほとんど未舗装だった。藤沢駅から鵠沼海岸の高根に行くバス通りは砂利道で、自転車だと、ハンドルを取られてよく転びそうになった。雨が降ると水溜りができた。自動車にドロ水を頭からかけられる。車がくると、洋服を汚されないように、傘を下段に構えた。

うちは「高瀬通り」というバス停の近所だったが、近くに秩父宮様が療養にきておられた。宮様が亡くなると、国道から宮邸の門の少し先まで、突貫工事で道路が舗装された。東京から天皇陛下がおいでになる。そのために大急ぎで舗装した、という話だった。子供だったから真偽のほどはわからない。鵠沼はそれから徐々に舗装道路がふえていった。しかし、それでも松林や砂山、砂原の方が、ずっと面積は広かった。夏、夕立がある。水気を吸った土や砂の上に立つと、足もとが冷んやりとして気持がよかった。

ところが銀座で夕立に遭うと、とんでもないことになる。熱せられたコンクリート道路に雨が降っても、道路を冷ます間もなく雨水は流れ去る。残るのは下から立ち昇る熱気と湿気だ。ムッとして、頭がクラクラした。

いまや東京だけのことではない。どこもかしこもコンクリートの要塞と化した。コンクリートの電信柱ばかりになり、犬は臭いをつけにくくなって困っているだろう。繁華街を歩くたび、街路樹でなくてよかったと思う。根のところをコンクリートで固められ、土のあるところといえば、ほんの一メートル四方である。見るからに息苦しそうである。おまけにクリスマスだの何だのとなると、電飾だらけにされる。歌手の小林幸子でもあるまいに、体中チカチカされてはたまったものではなかろう。土や木をいじめておいて、夏になるとクーラーをかける。クーラーが街に熱風をまく。暑くなるから、さらに冷房を強くする。二酸化炭素がふえ、地球は温暖化が進む。負けじと、強力な冷房にする……。果てしのないイタチごっこである。

土木の専門家に聞くと、コンクリートに代わる材料は、いくらもあるそうだ。雨が降れば、雨水をいたずらに流すことなく地中に吸い込ませる。そういう街にすることは、簡単なことらしい。ゼネコンは悪の権化のように言われているが、足し算に使えば悪の権化でも、引き算に使えば善玉だろう。

土地が空いていればビルを建てる。そういう時代は終りにしたい。有楽町の東京都庁の跡地に建った巨大な建物を見るたび、そう思う。飛行船のようなガラス張りの空間は、何のためにあるのだろうか。あの透明感を保つために、清掃はどんな頻度でおこなわれているのだろう。きれいにしておくために、一体、いくらかかるのか。恐らく、莫大な費用がかかっているに違いない。税金がそんなことのために使われているかと思うと空しくなる。あんな建物の代わりに、跡地を緑地やサクラばかりの公園にしていたら、どんなによかったろう。

汐留の国鉄跡地にも同じ感想がある。超高層ビルは、広い緑地の中にポツンポツンと建っていてこそ美しい。ところが実際は、手を伸ばせば届くところというのは大袈裟にしても、超高層が林立している。せめて屋上や壁面が緑化されていればと思うが、そうではない。汐留に超高層ビルが林立したために、都心に海からの風が入らなくなったそうである。その結果、ヒートアイランド現象はひどくなり、新橋界隈は山ならぬビルに囲まれた盆地になってしまった。「暑くて死にそうよ」と、クツ磨きのおばさんが言っていた。

交通標語に、「狭いニッポン　そんなに急いでどこへ行く」というのがあった。これをもじれば、「狭いニッポン　そんなに建ててどうするか」とでもなるか。ウイスキーのコマーシャルは、「何も足さない。何も引かない」と言うが、街から引き去るべきものは多いと思われる。

一ヒメ、二トラ、三ダンプ

怖いものといえば地震、雷、火事、親爺といったのは昔の話。今、優しい父親がふえ、頑固一徹で、上に「雷」がつくような怖い親爺は、ほぼ絶滅した。「絶滅」は言い過ぎだとしても、絶滅危惧種であることは、間違いなかろう。

かつて怖い運転の代表は、一姫、二トラ、三ダンプというのが、常識だった。二番目の酔っ払い運転は、罰金が高くなったせいで、減っているようである。最も恐れられているヒメ、つまり女性の運転する車はどうか。

街を見ていて、バック・ミラーやフェンダー・ミラーをこまめに見ながら運転する女性は、滅多にお目にかからない。ほとんどの女性が、アゴを突き出して前だけを見て走っている。発作的、あるいは衝動的としか思えないような左折、右折、停止をするのも、女性に多く見られる行動である。後ろを走っていて、何度、肝《きも》を冷やしたか知れない。

厄介なのは、男のような髪型の女性である。後ろから見ていて、髪型からしてこれは男の運転だと思う。タバコをくゆらせながらハンドルを握っていれば、間違いなく男だと確信する。その車が突然、ウィンカーを点滅させ、右折にかかる。まともな男なら、こんな無謀なことはするはずがない。危うくハンドルを切って横目でにらむと、これが女性なのである。外見から男だと決めつけたのが悪いのかもしれない、という気もする。

傍《はた》迷惑な女性の運転にイラつき、つまらぬ接触事故やスピード違反を経験したドライバーはいるはずだ。遠くからでも「この車は女性が運転しています」とわかるようにし、なおかつ運転の技術に武道のような段位をつくり、初心者は白、中級者は茶、うまくなったら黒のシールを貼る。そうすれば、事故を減らすことにつながるのではないか。そんな夢物語を考えることがある。

この色分けは、男にも有効かもしれない。私は優良ドライバーを示す「三ツ星マーク」を信用して個人タクシーに乗り、運転を代わりたくなったことが何度かある。昼間はまだいい。深夜は本当に怖い。乗りこんだ途端、しまったと思った。運転手が、ハンドルに身をあずけるようにしていたからである。ハンドルが杖のようだった。こういうタクシーには、「ドクロ」のマークをつけるようにする、というのは冗談である。

まじめな話、責任の一端が免許制度にあるのは明らかである。車の運転で最も大切なことは、思った通りに止まること、そして、曲がることである。ところが自動車学校は、この肝腎要なことを教えない。教えるのは、走ることだけである。教えるべきはたとえば、濡れた路面を時速百キロで走らせ、急ブレーキを踏んできちんと止める技である。この技を身につけるためには、自動車メーカーなどのドライビング・スクールに行くしかない。目の前に何かが飛び出す。それをきちんとよける。緊急回避も、ドライビング・スクールでしか教えてもらえないことの一つである。

私は五十を過ぎてから、自動車メーカーのドライビング・スクールに入り、そうした訓練をプロのレーシング・ドライバーについて受けた。その報告は新聞に書いた。多くの人たちに同じ訓練を受けてもらいたいと思ったからである。楽しいうえに、ためになる。受けておいて、絶対に損はない。

同じスクールに、総務庁交通安全企画室(当時)のお役人がきていた。スクールを終えての感想を聞くと、「運転の技術を磨くことも大切でしょうが、その前に、道路交通法に従って車間距離を守って走ることを教える方が、大切ではないでしょうか」と真顔で言ったのには、驚いた。もし東京や鎌倉で車が車間距離を守って走ったら、道路はどうなるか。お役人とは、何と現実離れをしたことをいう人種だろうと、あらためて思ったことだった。

ところで、女性は一般に、バックが下手である。じっとハンドルを握っていればよいものを、むやみにハンドルを動かすから、車は激しく蛇行《だこう》することになる。

プロのラリー・ドライバーに篠塚健次郎さんがいる。アフリカの砂漠が舞台の、世界一過酷といわれる『パリ・ダカール・ラリー』を制した男である。彼は日本にいる時は、奥さんに運転をまかせている。舗装されたうえに信号があるようなところを運転するのは、退屈なのだそうだ。

彼は奥さんに三日間、運転の特訓をした。ひたすらバックの練習をする日。高速で走らせ、急ブレーキで止める訓練の日。木立の中に車を入れ、前後左右、樹木と車の間に何センチ余裕があるか。車幅の感覚を覚える日。この三日間である。世界一になる男は、やはり違うものである。自動車学校が採り入れてよい練習だろう。

もう一人、元F1レーサー、中嶋悟さんから教わった運転のコツがある。メルセデス・ベンツ、BMWといったヨーロッパの車に乗るおばさま、お嬢さま方には、ただちに実行してもらいたい運転の仕方だ。女性はオートマチック車を好む傾向があるが、彼女たちは自動車学校やディーラーで教えられた通り、「Dレンジ」で運転しているはずだ。安全のため、即刻これをやめること。Dレンジの一段下、アクセルから足を離せばエンジン・ブレーキのかかるレンジで運転すること。追突を避ける確かな方法の一つである。F1レーサーが実践していることを、アマチュアが真似しないテはない。

運転ではないが、女性にお願いがある。タクシーを降りるときになって、ハンドバッグからやおら財布を取り出し、お金を数えるのはやめてもらいたい。目的地の近くにきたら、あらかじめメーターを見て、お金を用意しておくこと。そうしてくれると、後続の車が迷惑しなくてすむ。

嘆かわしいのは、近ごろ男がおばさん化したことだ。いい年をした男たちが空車を止め、「どうぞお先に」と譲り合っている。いざ降りる段になって、ポケットをガサゴソさぐっている。それでは完全なおばさんではないか。「後ろがつかえているんだ。さっさとしてくれよ」と大声を出したことが、何度もある。

マニュアルを解説する

好きな作家に故海老沢泰久さんがいる。

一九八六年、ホンダのＦ１エンジンが世界チャンピオンになるまでを『週刊朝日』に同時進行の形で連載した。それをまとめた『Ｆ１地上の夢』で新田次郎文学賞を取り、小説『帰郷』を書いて直木賞に輝いた。

新田次郎賞の賞金をもらうと奥さんと二人、イギリスに行き、一年ばかり日本に帰ってこなかった。そういう時はふつう、どこかの雑誌にエッセイなどを連載するものである。ところが海老沢さんは、「何か定期的に書かなきゃいけない、なんてことになったら、のんびりできないじゃない。オレ、そういうのいやなんだ」と言って、イギリスにいる間、いっさい仕事をしなかった。どうやら、ゴルフに精を出していたらしい。そういうところも、魅力の一つである。

だが、何といっても魅力的なのは、その文章である。私は『F1地上の夢』が一番の傑作（もちろん、今までのところ）だと思っているが、その中に、「そしてそれは、どうしようもなかった」というくだりが、ときどき出てくる。

エンジン開発の技術者たちが、新しいエンジンの設計に取り組む。本田宗一郎さんが健在のころだから、腕白小僧のようなエンジニアがたくさんいた。知恵を絞り、徹夜と喧嘩の連続で新しいエンジンを組み立てる。――そういうところの描写が淡々としていて、読んでいると、胸が熱くなる。

ところが、そのエンジンがレースでは使い物にならない。努力が水泡に帰すことになる。すると海老沢さんはその段落を、「そしてそれは、どうしようもなかった」と結ぶのだが、「それはどうしようもなかった」などと書く作家が、他にいるだろうか。こんな書き方をすれば、「手を抜いた」と思われて、読者を失うだろう。

しかし海老沢さんの文章を読んでいると、これだけやってダメなら仕方がない、諦めるしかないなと、納得がいくのである。恐らく、文体が、いってみれば、1＋1＝2、2＋2＝4という単純な構造なので、だれが読んでも答えは一つということになるからではないかと思う。「要するに、一つの文章では、欲張らないで一つのことしか言わないように書くことですよ」と、何回か教わったが、これがむずかしい。うっかり真似をすると、まるで子供が書いたような、幼稚な文章になる。とにかく昔から文章に憧れていたので、ときどきお宅に遊びにいっていた。

ある時お宅にうかがうと、黒いダイヤル式の電話機が、ベージュ色のプッシュホンになっている。元来、新しい物は好まない人である。ちょっと意外な気がして、「海老沢さん、この電話機は賢くて、いろいろなことができるらしいですよ。使いこなせるんですか」と聞いた。すると直木賞作家は、「いや、まったくダメなの」と言う。「ところで川村さん、使えるの?」と聞かれ、「僕も同じです」と答えた。我が家は海老沢さんのところよりかなり前からプッシュホンにしていたが、電話機に付いてきた留守電のテープを、自分の声にすることすらできない。マニュアルを読んでも頭が痛くなるばかりで、一向にいうことを聞いてくれないからである。その話をして、「どうしてマニュアルは読んでもわからないんでしょうかね」と聞くと、「それは簡単ですよ。できる人がマニュアルを書くからですよ」という答えである。

「じゃあ、プッシュホン電話のマニュアルを書いてみる気、ありますか」と、重ねて聞くと、「ええ、いいですよ」と言われる。すぐＮＥＣの知り合いに電話をし、「直木賞作家が書くマニュアルというアイデアはどうか」と聞いてみると、「画期的なアイデアなのでお願いをしたいが、直木賞作家にプッシュホン電話のマニュアルでは失礼でしょう。パソコンのマニュアルをお願いできませんか」と言うではないか。海老沢さんは、ワープロを使わない。原稿は万年筆である。ワープロより厄介そうなパソコンのマニュアルを、ヒマがあればソファーでゴロゴロしている海老沢さんが果たして書いてくれるだろうか。おそるおそるお願いにいくと、二ツ返事で引き受けてくれた。

1＋1＝2という文体で書かれたマニュアルが、どういうものになるのか。ワクワクして待つこと五カ月。「原稿ができたから、実験台になるように」と、電話があった。言い出しっぺで、パソコンに触ったことのない人間ほど実験台にふさわしい者はいない、というわけである。実験の場所は、NEC本社の会議室だった。

海老沢さんとNECの技術者たちの視線を一身に浴びながら、実験はパソコンの入った段ボールの箱を開けることから始まった。私の手元を見つめる視線から、観察する人たちが緊張していることは、痛いほどわかる。NECにすれば、社運を賭けるとは言わないまでも、画期的なマニュアルになるかどうかが、かかっているのである。私はといえば、気楽なものだった。もし万一、パソコンがうまく動かなければ、それはマニュアルを書いた海老沢さんのせいである。実験台には、何の責任もない。

鼻唄まじりというわけにはいかないが、文字の読めるロボットとなるだけである。マニュアルの文章を指でなぞりながら作業をした。

このマニュアルがありがたいのは、まず縦書きになっていることだった。日本語は縦書きにかぎると思うが、昨今は、新聞も若向きを狙うのか、横書きの記事がふえた。見た目にもパラパラした感じがして、読みにくい。もし縦のものを横にしたければ、横組みに合う活字を作り、字と字の間隔も研究したうえですするべきである。本当に読者が大事だと思うなら、そんなことは、当然の義務だろう。

それはともかくとして、縦書きのマニュアルは、見慣れぬカタカナが少ないことでも助かった。何しろ「クリック」が「押す」となっている。嬉しいかぎりだった。ときどき見ている人たちの間から、「あっ、できた」というささやきが聞こえた。

生まれてはじめて触るマウスには、ちょっと手こずった。緊張してマウスを握るものだから、画面の矢印がちょこまか動く。右手の震えを抑えるために、左の手で右手を押さえなければならなかった。小休止を挟んで五時間弱、インターネットやパソコン通信までできた。それがどれほどすごいことなのか、ピンとこなかった。ただ、実験が終わった時、海老沢さん以下全員が、私のことを飛行機事故から奇跡の生還をした人間のように迎えてくれたことで、実験が大成功だったことを知った。

直木賞作家のマニュアルの要諦は、目的地に向う幹線道路だけを書いた地図のように、進む者にいっさいの迷いを与えないところにある。書いてある通りにすれば、だれにでもできるわけで、私はあらためて海老沢さんの文章の持つ力を教えられた気がした。

作家が書くという、おそらく世界にも例のないマニュアルは、その年のマニュアル大賞を受賞し、『週刊新潮』の写真付きの辛口コラムで、山本夏彦さんからもおほめをいただいた。

このマニュアルは、イラストレーターの和田誠さんが、表紙や目次などのイラストレーションとデザインをされた。その点でも画期的で、贅沢なものだった。その後、パソコンガイドブックとして一冊の本になって、書店に並び、よく売れたようである。マニュアルの世界に金字塔をたてた海老沢さんだが、パソコンはテレビゲームで遊ぶだけで、仕事には、どうやら使っていなかったようである。

カラオケ考現学

昼行燈《あんどん》　マイクを持てばシャンデリア

夕刊一面のコラムで、こんな川柳を紹介したことがある。

コラムというのは、井戸に落ちた大佛次郎のネコを助けた人の話とか、『軍艦行進曲』をはじめて流したパチンコ屋はどこかとか、谷崎潤一郎は寝言で何と言ったのかとか、知らなくても損はしない、しかし知っていると得しそうな、肩のこらない話を集めた。とかく暗くなりがちな紙面の、エクボになればと考えて作ったコラムだった。

そのとき、最新のカラオケ事情を取材していて知ったのが、冒頭の川柳である。場所は六本木のよくいくカラオケバーだった。集団できた若いサラリーマンの一人が派手なアクションで歌い始めると、リーダー格の男が「よお、昼行燈マイクを持てばシャンデリアだな」と、ひやかした。これには、思わずヒザを叩いた。昔、この川柳にぴったりの部下がいたからだ。その男は、夢中になったりおもしろがって仕事をする感じがない。取材も原稿も通り一遍で、おもしろくない。ある日、たまりかねてきつく叱ると、すごすごと席にもどって爪をかんでいる。そのままにしておいてはまずいと思い、その夜、何人かとカラオケに連れ出した。すると、別人のように溌剌《はつらつ》として歌い始め、「マイクハナサーズ」なのである。

驚ろきもし腹も立ったのは、小指を立ててマイクを持ったことだ。まさに昼行燈のシャンデリアである。それを思い出し、リーダー格の人に、「その川柳はあなたが作ったものですか」と聞いた。しかし、だれが作ったのかも知らないといわれ、本屋にいってサラリーマン川柳集にひと通り目を通してみたが、見あたらない。川柳の選者をなさるイラストレーターの山藤章二さんにも聞いてみたが、「初耳です」といわれる。

しかたがないからコラムには「作者不明」と断って紹介した。読者から、作者を知る手がかりになる葉書や手紙がくるだろうと思ったからである。ところが、一週間たっても何の反応もない。葉書はおろか電話もこない。コラムは読まれていないのかと思うと、気が滅入った。ウサ晴らしはカラオケにかぎる。若い人がこない店にいった。若い人の好きな歌がにが手なのは、第一に一曲が長いこと。私たちSP世代の常識では、ジャズでも歌謡曲でも、一曲はおおむね三分である。ところが五分も六分もかかるうえに、メロディーやリズムが、どれもこれも似たりよったりときている。音楽の美しさの一つはフォルテとピアニシモのコントラストにあるのに、概して一本調子である。第二に、歌詞の意味がはっきりせず、言い訳めいていてしまりがない。「……なんだよねえ」などと言うのは、友達同士のおしゃべりで歌詞とは言えないだろう。おまけに奇妙な英語を使い、意味もなく繰り返しを続ける。

第三に、発音が気になる。「忘れられない」「別れられない」「離れられない」と歌う時、たいていの若者がラ行を英語のＬの発音にする。耳障りだ。だからと言って、おじさんたちの歌なら何でもいいと言うのではない。たとえば『マイ・ウェイ』の日本語版、あれはなんとかならないものか。

シナトラが歌う『マイ・ウェイ』は、堂々と生きた男の歌である。城山三郎さんの著書の題を借りれば、「粗にして野だが卑ではない」男の歌である。そういう力強さが、日本語訳には感じられない。それを、見るからにゴマスリ男が歌う。卑しさは顔に出るから、ゴマスリかどうかはすぐわかる。そういう男にかぎって、加山雄三の『海・その愛』

や谷村新司の『昴』も歌いたがるので困る。聴いているうちに、上役に媚びへつらう様まで浮かんできて、腹が立ってくる。文は人なりというが、歌も人なりである。『マイ・ウェイ』は、敵を作ることを恐れず、仕事に実績を残した男、昼間からシャンデリアのような男に、英語で歌ってもらいたい。

もう一つ、オジサンの愛唱歌で長いこと気になっている詞がある。石原裕次郎のヒット曲『恋の町札幌』の三番。「どこかちがうの　この町だけは」と、画面に出ることである。「どこがちがうの　この町だけは」の一節が、店によって「どこがちがうの　この町だけは」と、画面に出ることである。狂歌に、「世の中は澄むと濁るで大違い　ハケに毛がありハゲに毛がなし」というのがあるが、「どこか」と「どこが」では、大違いである。「どこかちがうの」だから歌になる。しかし、「どこがちがうの」では、夫婦喧嘩のタンカになってしまうではないか。どうしてこういう間違いが起きるのか、不思議だ。

さて、オジサンといえば「エンカ」だが、これを演歌、援歌、艶歌、炎歌と書き分けたのは作詞家の星野哲郎さん（故人）だった。

代表作の一つに、美空ひばりのために書いた『みだれ髪』がある。星野さんはレコード会社の人に、「あそこにいけば歌のヒントがつかめるかもしれませんよ」と勧められ、福島県の塩屋崎にいった。ところが灯台がポツンとあるだけで、他には何もない。たまにカモメが舞う程度で、荒涼としている。しかし、しばらく立っていると、屹立する灯台が、恋に破れ、家族にも死なれたひばりさんの姿と重なって見えた。やがて、海風に髪を乱し、着物の裾を舞わせる一人の女の絵が頭に浮かんだ。『みだれ髪』の歌詞は、絵が浮かんだからできたんです」という話だった。

塩屋崎に立ったとき、メモ帳に記したという言葉が忘れがたい。「カモメ一羽を見つけただけで、心にほっとあかりがともる」と、メモしたというのである。星野さんほどの作詞家になると、メモからして歌になっているものであるらしい。

この歌では恥をかいたことがある。カラオケ仲間のさるマダムと建築家の三人で飲んだ夜のことだった。

この歌が話題になり、ひばりファンのマダムから、「あなたたち、三番の『春は二重に巻いた帯　三重に巻いても余る秋』ってどういう意味か、わかっているの」と聞かれた。建築家は「えっ、一八〇センチのウエストが一二〇センチになるっていうことか」と言って、こちらを見る。「そりゃあないだろう」と答えたものの、わからない。

首をひねっていると、マダムに、「お二人とも本当の恋を知らないのね。恋わずらいで痩せたということよ。そんなこともわからないで文章をお書きなの」と言われ、返す言葉がなかった。

後日、随筆家の白洲正子さんのお宅に遊びにいった折にこの話をすると、「あなたね、恋や愛を遠まわしに歌うのは、王朝和歌の伝統があるからなのよ」と、これまた憐《あわ》れむような目で言われた。

ところで、いま私が気に入っているカラオケの楽しみに、古い唱歌を聴くことがある。もちろん、他に客がいない時に、歌わずに画面に出る歌詞を楽しむのである。『故郷』『赤とんぼ』『荒城の月』『花』……こういう曲をリクエストして画面に出る詞を読んでいると、それこそ心洗われる気がする。日本語の凛として美しい響きに、大げさではなく、この国に生まれてよかったと思う。

いまの子供たちは、こういう歌を歌うことがあるのだろうか。そう言うと、文語の歌詞はむずかしすぎて子供にはわからないという人がいる。たしかに『荒城の月』の「めぐる盃」を「眠る盃」だと思いこんだり、『赤とんぼ』の「負われて」を「追われて」と覚えたり、『仰げば尊し』の「わが師」を「和菓子」とカン違いしたり、意味もよくわからずに歌っていた覚えがある。しかし、そんなことは放っておいても、大人になればわかることである。意味はわからなくても、子供のころに美しい言葉の響きを体にしみこませておくことは、大切な語感を磨くことに役立つのではないか。

作曲家の三枝成彰さんは、「学校で教える歌は、おばあちゃんも歌った、お母さんも歌った、そういう歌にすべきだ」と言うが、まったく同感である。

ジョークで一服

亡くなった作家の森瑤子さんは、賑やかなことが好きだった。自分から発起人になって、よくパーティーをした。招かれるのは画家や彫刻家、経済人や官僚など。有名無名を問わず、森さんが「この人、おもしろいわよ」という人たちだった。

パーティーにはその都度、趣向があり、中山競馬場にGIレースを見にいったときは、男も女も帽子をかぶらなければならなかった。有名なレースがあるときのイギリスのアスコット競馬場やフランスのロンシャン競馬場のような、ちょっと気取った気分を楽しみたかったのだろう。「レット・バトラーの会」というのもあった。この会に出る男たちは全員、映画『風と共に去りぬ』のクラーク・ゲーブルを真似て、ヒゲをつけたり描いたりすることになっていた。

森さんのパーティーにいけば、世界の違う人たちといっぺんに知り合いになることができる。記者として、こんなありがたいことはない。声を掛けられれば、必ずいった。いくと、決まって森さんから、「三郎さん、あのジョークをやって」と言われる。森さんには何度も披露したジョークである。「また、あれか」と渋っていると、「今夜のお客さまたちは知らないから、してよ」と言われ、隣にいるカミさんにも突つかれるので、話すことになる。そのころ森さんは四十代の後半だった。話が終わると、「まあ失礼ね」と言って、私にワインのコルクをぶつけるのが毎度のことだった。こういうジョークである。

十八歳から二十二歳までの女性は、アフリカ大陸のようである。半分処女地で、半分探検ずみである。

二十三歳から三十歳までの女性は、アジア大陸のようである。暗黒と神秘に包まれている。

三十一歳から四十歳までの女性は、ヨーロッパ大陸のようである。もはや探検の余地がない。

四十一歳から上の女性は、まことに遺憾ながら、シベリアのようである。だれでもその場所は知っている。しかし、だれもそこに行きたがらない。

このジョークを教えてくれたのは、豪州三井物産の社長をした人だったが、最後の大陸はシベリアではなく、オーストラリアになっていた。まだオーストラリアが流刑《るけい》の地だったころ、イギリス人が考えたジョークではないかというのがその人の説だったが、よくわからない。現在のオーストラリアは日本人にとって、ヴァカンスを楽しんだり、新婚旅行に行くところである。だれでも行ってみたいところなので、シベリアに変えた。

構文が簡単なので、英語にしやすい。外国の人たちがくるパーティーやバーで、重宝させてもらった。

最近気に入っているのは、タバコのジョークである。日本にはだれが作ったのか、

酒とタバコと女をやめて
　百まで生きたバカがいる

というのがある。　同じ趣旨で、イタリーには、「男は酒とタバコと女に近づくと、灰になる。……しかし、灰になってもいいじゃないか」というのがあるが、日本製もイタリー製も、女性のいるところでは言いにくい。

その前に、百歳をこえる人が珍しくない昨今、「百まで生きたバカ」はシャレにならなくなった。何かいいジョークはないかと探していたら、いいのが見つかった。イギリス製である。

――イギリスでもタバコを喫う人は少なくなっていますか？

「ええ。インテリはほとんど喫わなくなりました。しかし、ジェントルマンは、相変わらず喫っています」

森瑤子さんは、細身のメンソール・タバコを離さなかった。このジョークは、気に入ってくれたに違いない。

私は二十歳の誕生日の夜、はじめてタバコを喫うようになってから、やめようと思ったことがない。別に自慢しているわけではなく、やめようと思っても意志が弱いから、やめられないとわかっている。だから思わないだけである。そういう人間にとって、このジョークほど頼もしい援軍はない。

御多分に洩れず、朝日新聞社も社内ではタバコを喫ってよいところがほとんどなくなった。喫う人間は、灰皿のある廊下やエレベーターホールの隅に行かなければならない。私のようにハガキ一本書くのにもタバコがほしい者にとっては、実に生きにくいことになった。タバコの嫌いな人間には「自分勝手な言い分だ」と言われるのを承知のうえで言うのだが、タバコのみは、ただタバコを喫うためにタバコを喫っているのではない。人と話しながら、文章を書きながら、ついでに喫うのである。少なくとも私はそうだ。ハガキや原稿を前にして、手がとまった時に火をつける。ゲラに手を入れている時もそうだ。

ところが、決められた場所でしか喫えず、しかもそこには机がないとなると、仕事にならない。机に直しかけのゲラを置いたまま席を立ち、灰皿のあるところまでのこのこ行くと、集中力が途切れてしまう。こう書くとタバコ嫌いからは、「何を偉そうに。それほどのものを書いているわけでもないくせに」と言われそうだが、事実そうなのだからしようがない。

幸い定年になったので会社にのべつ行くことはなくなったが、夕刊に週に一度「炎の作文塾」という小さなコラムを書いていた時は、週に一、二回は会社に行った。職場ではタバコが喫えないので、しかたなく喫茶店で仕事をすることもある。ものいりである。話が横道にそれた。

朝日新聞社には、インテリが多い。もちろんインテリ気取りも含めてだが、タバコを喫っていると、「そんなことしていると、時代に遅れますよ」と、わざわざ言いにくるインテリがいる。そういう時、このイギリス製のジョークは役に立つ。「申し訳ないけど、俺はインテリではないんでね」と言えるからである。

いつだったか、高名な外科医にこのジョークを披露して喜ばれた。名医の誉れ高い人で、ガン予防の本も何冊か書いておられた。ところがほとんどチェーンスモーカーと言えるくらい、タバコを喫う。「ドクター、ガン予防の本の著者として、マズイんじゃないですか」と言ってみた。するとドクターはニコニコしながら、「タバコはどうやら体に悪いようです。しかし、心には必要です」と言った。

私もカミさんが厄介な病気をしてからは、家の中で喫うことはやめた。家ではベランダでしか喫わない。いわゆるホタル族だが、これも昨今では悪玉扱いである。煙が流れてくるのが近所迷惑だというのである。

ただ、タバコのみがどんなに少なくなっても、「一服する」という日本語は残したいと思っている。一服盛られるのはかなわないが、原稿を仕上げた後の一服はまた格別である。そういう時、タバコを喫わない人はどうやって一服するのだろう。

話でもてなす

先日、司馬遼太郎記念館にいった。

司馬邸の門を入って庭づたいに記念館に進むと、ガラス窓越しに書斎が見える。『週刊朝日』に連載していた『街道をゆく――濃尾参州記』をお書きになっていた時のままだそうである。館内の展示室に入ると、書架に圧倒される。三千三百の書棚に並べられた本が約二万冊。高さ十一メートルの書架は、まるで本の城壁である。本の城壁に囲まれて立っていると、それだけで司馬さんがどれほど大きな存在であったかが、十分に伝わってくる。展示されているのが、蔵書のすべてではない。ご自宅にはまだ、それに倍する数の蔵書が収められている。

司馬さんの史料や資料の集め方について、以前、作家の井上ひさしさんからうかがった話がある。『殉死』をお書きになっていた時のこと。神田の古書街から、乃木大将についての史料や資料がすべて消えた。乃木大将の戯曲を書いていた井上さんがどこにいったのかと聞いたところ、古書店の主人は、「すべて、司馬先生のところへいっております」と、答えたそうである。

もっと驚くのは、史料や資料には、ひと通り目を通しておられたらしいことである。読むスピードが超人的で、必要なところはカメラで写真を撮るようにして、頭に入れておられたようだ。歴史小説は史料や資料に基づいた史実という点と点を結んで書くものと考えるが、司馬さんの場合は、点と点ではなく、面と面を結んでお書きになっていたのだと、私は思う。

記念館を設計した建築家、安藤忠雄さんによると、城壁のような書架は、見る人に司馬さんの頭脳をのぞき、何かを感じてもらう。そういう意図で作ったのだそうだ。実をいうと私は、「司馬さん、僕は司馬さんの頭の中を開けてみたいんですよ」と、単刀直入に申し上げたことがある。すると司馬さんは、「なんでやねん」と言われた。それは確か、亡くなられる三カ月ほど前のことだから、一九九五年の秋である。

司馬さんは東京にみえると、「ホテルオークラ」にお泊まりになる。食事がすむと、『オーキッド・バー』に席を移し、ホットウィスキーを手に、古今東西の人間について語って下さる。いま思えば至福の時だった。

その夜、司馬さんは腰や背中が痛むと言いながら、アメリカ大リーグにいった野茂投手のトルネード投法をすわったまま真似をし、「ああいう無理な体の使い方をして、いつまで投げ続けられるのだろう」と、心配しておられた。いつになく寛《くつろ》がれているご様子なので、かねてからの疑問をぶつけてみようという気になった。それで「頭の中を」と申し上げたのだが、奇をてらったわけでは、もちろんない。なにしろ司馬さんは、興味深い話が次々と泉のようにわき出てくる方である。いったい、こういう人の頭の中はどうなっているのだろう。お会いするたびにそう思った。お話はもっぱら人間についてである。ギリシャ、ローマから中国、朝鮮、日本まで、おびただしい数の人間が登場する。どうすればこれほどの数の人間の名前を覚えることができるのでしょう。——これが第一の質問だった。

それに対する司馬さんの答えは、以下のようなものだった。自分は特別、記憶力がいい方だとは思っていない。英語の単語を暗記するのには、人一倍苦労した。いまでも薬の名前はにが手で、何回聞いても忘れてしまう。ところが人名は、覚えようと努力しなくても、ごく自然に頭に入ってくる。

それをうかがって第一の疑問はとけた。司馬さんにとって人名を記憶することは、子供が恐竜や怪獣の長いカタカナ名前を苦もなく覚えるのと同じようなことだったのだ。好きこそものの上手なれで、子供が恐竜や怪獣を好きなように、司馬さんは何より人間が好きだったのだろう。

第二の疑問はこうである。私たちにお話し下さる時、人名に詰まることがありません。頭の中に入っている人名をすらすらと引き出すことができるのは、なぜですか。それに対する司馬さんの答えは、左のようなものだった。

話していて人名に詰まると、聞いている人たちがみな、一緒になって苦しむ。自分はそういうところを見たくない。「そやからな」と、司馬さんは言った。たとえば今夜、君なら君と会うとする。では、君をどういう話でもてなそうか、考える。こういう話にしようと決める。話すことを決めたら、その話に登場するのはどういう人物か。名前をひと通り頭の中でおさらいをする。それから家を出る。私たちのために頭の中で一度、リハーサルをされていることに、身の縮む思いがした。

司馬さんが私たちに、細かな心づかいをして下さっていることは承知していたが、そこまでして下さっていることは、考えもしなかった。しかし何より心に響いたのは、「話でもてなす」という言い方である。人をもてなすと言う時、その人の好みを前もって調べ、それに合わせて店や酒や料理を選ぶ。これが普通だろう。正直なところ、話でもてなすという考えは、司馬さんのお話をうかがってはじめて知ったことだった。

その言葉をお聞きした時、司馬さんから召集がかかると、何をおいても『オーキッド・バー』にはせ参じた理由がはっきりわかった気がした。

井上ひさしさんは司馬さんを評して、「人間の名作」とお書きになったが、私は、どういう方でしたかと聞かれると、「歴史と人間に精通された方です」と答える。

歴史と人間に精通した人間の名作が、古今東西の人間についてお話し下さるのである。しかも、座談の名手である。これ以上に贅沢なもてなしはないだろう。

気取ったいい方をすれば、知的な好奇心が満たされ、頭も心も豊かになっている。気がつけば、胃袋も満足している。これぞ至福の時である。究極のもてなしは、つまり話であり言葉であるということである。

グルメばやりの昨今、仕事柄いろいろな人と食事をすることが多い。閉口するのは和食を食べながら、最近できたイタリー料理の店を話題にするような人。話題が終始、食欲なのである。

食事の間、会社の話、人事の話に終始する人は困る。関心が会社の外に向かわず、内向きの人の相手をすることほど退屈なことはない。胃袋は満たされても、頭も心も疲れるばかりだ。サラリーマンなら、だれしも経験することだろう。そういえば、そういう人間を相手にした時はどうするか。司馬さんに教わった方法がある。まことに簡単で、この人は前世、ナメクジだったに違いない、と思うのだそうである。

「あのな、人間が話してる思うから、腹が立つんや。ナメクジがしゃべってる思《おも》たら、腹も立たんやろ。これで二時間は我慢できるやろ」。もちろん酒を飲みながらの話である。どこまで真に受けてよいものか、保証のかぎりではない。ただ、試してみる価値はありそうだ。

幸せな時代の幸せな記者

新聞記者とは何かを教えられた恩人の一人に、馬場博治《ひろはる》という人がいた。社会部の新任デスクの馬場さんのもと、福岡で仕事をするようになったのは記者になって五年目のことだから、もう四十年も前のことになる。

忘れもしない十月一日の夕刊だった。その日は恒例の衣替え、共同募金、国鉄のダイヤ改正のほかに、その年は米の値段が上がる日でもあった。

それを盛りこんで社会面の前書にするように言われた記者が、どうにもまとまらなくて苦しんでいると、デスクの馬場さんが、「どや。あかんか。なら、わいが書く」と笑いながら鉛筆を手に、原稿用紙に向かった。

そのころの原稿用紙はＢ６判のザラ紙で、ハンカチがわりに顔や手をふくのにも使った。一枚に一行五文字で三行ずつ書く。そうしておくと、新聞は一行が十五文字だったから、ザラ紙の枚数と原稿の行数が同じになって便利なのだ。締め切りが迫ると、書くはしから一枚ずつ、ひったくられるように持っていかれた。

　十月一日の馬場さんの書き出しはこうだ。朝、メシをかきこむ。「パパ、今日からお米が上がるのよ」と、サラリーマン家庭の朝の風景から文章が始まる。彼は家を飛び出し、街で紺のセーラー服に衣替えした女学生に赤い羽根をつけてもらう。そして駅に着いて時刻表を見上げると、ダイヤが新しくなっている。それをテンポよく描写し、「十月一日、空は晴れたが」で終わるまで、鉛筆は止まることがなかった。

　速くてうまい人だとは聞いていた。が、目の前で神業のようなものを見ると、「これでどや」と聞かれても、返す言葉がない。駆け出しの記者には後光がさしているように見え、馬場さんの後に黙ってついていこうと思った。

　仕事がひと区切りすると、決まって私たちを近所の喫茶店に誘う。

　そこで文章を語り、「疋田《ひきた》桂一郎《けいいちろう》さんいう人はなあ、ごっつう取材する人や」、「こんど『天声人語』を書く深代惇郎《ふかしろじゅんろう》いうんはな、よく本を読んでるでぇ」、「涌井《わくい》昭治《しょうじ》いう人はな、涌ちゃんというて、センスのええ男や」といった具合に、朝日新聞社会部のスター記者たちの話をしてくれる。そういう話は聞いているだけでいい記事が書けるような気がして、喫茶店に誘われれば、必ずついていった。

「記者の基本は職人やで。そやけど、自分は芸術家だとカン違いするやつがおるんや。そうなったら、しまいやけどな」と言われたのも、この喫茶店だった。「深代が『ライ麦畑でつかまえて』はおもろい言うとったわ。読んでみい」と言われたのもそうだった。

部下には金を払わせない。割りカンと言われたことは一度もない。よほど裕福な家の人なのだろうと思いこんでいたが、実際はそうではなく、給料の前借りが多かったから、馬場さんの月給袋は異様に薄かったと、迂闊なことに、馬場さんが退社されてから知った。

とにかくおもしろい紙面を作るためなら、手間ヒマを惜しまない。原稿が書けなくて困っている記者がいると、自分の家に連れていく。そして奥さんに夜食を準備させ、「原稿ができたら起こせ」といって寝てしまう。

記事についてはとことん面倒をみるが、それ以外のことはどうでもいいと思っていたらしく、派閥のようなものには興味がないようだった。部員に慕われるのは、ごく自然なことだったと思う。

私はといえば、記者という仕事に魅力を感じるようになったのは、中学生のころに活字で読んだのか、誰かに教わったのか、新聞記者は無冠の帝王と言われている、ということを知ってからだ。「帝王」という言葉が魅力的だった。

ＮＨＫテレビの『私の秘密』というクイズ番組の解答者に、渡辺紳一郎という人がいて、パイプと蝶ネクタイの似合う物識りだった。親に聞くと、朝日新聞の海外特派員を長くした人だという。住まいが私と同じ鵠沼にあり、お宅を見に何回か自転車でいった。

記者への憧れに渡辺紳一郎さんの存在が拍車をかけた気もするが、決定的だったのはテレビの『事件記者』である。むろんこのドラマのように、記者の方が刑事より早く犯人にたどりつくことなど、そうそうあるものではないことは、わかっていた。ただ、新聞社の社旗をはためかせながら車で現場に乗りつけたり、ワイシャツの腕をまくり、首と肩で受話器を挟み、話しながらメモをとったり、「ガイシャ」などと特殊な用語を使ったり、そういうところがむやみにカッコよく見えた。

入社試験の面接で志望動機を聞かれ、物識りになれそうなことと、カッコよさそうだからと答えて、笑われた。他愛もない動機から新聞記者になったせいか、振り出しの支局ではヘマばかりした。三日に一度は、上司に、「お前は本当に大学を出たのか。朝日の記者に向かない。辞めて帰れ」と怒られる。しかしこのまま帰れば、親や友だちに合わせる顔がないと思って我慢した。

我慢したのは上司の方だったかもしれないが、それでも三年四年とこの仕事をしていると、おもしろさがいくらかわかってくる。馬場さんと出会ったのはちょうどそのころである。私の悪い評判は馬場さんも知っていたはずだが、少しは見どころがあると思ったのか、目立つ仕事を次々と命じた。暮れの大きなスポーツイベント、「福岡国際マラソン」を担当するように言われ、切り抜きを見ていると、「スクラップの読み方を教えたる」と言われ、言われたのは、スクラップでそれまでの記事の書き方を調べ、新しい書き方を考えろということだった。記事の型を破るために、たえずチャレンジングであれということである。

馬場さんに書き方で最も鍛えられたのは、連載コラムを担当させられた時だった。コラムは国道3号や10号など、九州を走る国道に沿って話題を集め、数人の記者が書くものだったから、一種の競作になる。十分な下調べをして現地を取材するのだが、原稿を出すと、馬場さんは、「あかん。おもろない」としか言わない。どこがどういけないのか、何も言わずに突き返す。

何回も突き返されていると、会社にいくのがいやになる。家で書いていると、催促の電話が鳴る。生まれたばかりの長男にミルクを飲ませているカミさんに、「いまいないと言ってくれ」と、何度頼んだか知れない。そのうち、書いた原稿をカミさんに朗読して聞かせるようになった。

話がおもしろくなければつまらなそうな顔をされるし、声に出して読んでみると、文章のぎくしゃくしたところが自然にわかる。そこを書き直してまた読む。そうやってカミさんのオーケーをもらって馬場さんに出すと、「おもろいやないか」と言われる。はじめは狐につままれたような気がしたが、そういう手順を踏むと原稿が通るので、まずカミさんに読んでもらうのが、習慣になった。今でもそうしている。

ずっと後になって、高名な作家たちが、夫人を第一読者にしていることを知った。文章の本職がすることなら、一介の記者が真似をしない手はない。それも、きっかけは馬場さんだった。このように馬場さんから学んだことは多いが、一つだけ挙げろと言われれば、コツを身につけようと思ったら、教わろうなどとは考えずに、考えて悩んで自分で覚えろということになる。「基本は職人やで」とは、そういう意味だと解釈している。

入社六年目、希望が通って九州から東京本社首都部に異動になった。現在はないが、首都部は社会部から分かれてできた部で、主として遊軍の仕事をした。首都部のデスクは、職人の世界で言えばそれこそ名人上手ぞろいで、社内では、「一つの部にこれほどデスクの顔ぶれがそろったことは、朝日の歴史にないだろう」と言われていた。そういう人たちに原稿を見てもらい、文章を学びたいと考え、武者修行のつもりでこの部を志望したのだった。

数寄屋橋の社屋は足の便がよかったせいか、ロビーにいると写真で知っている有名人を見かけることが多かった。そういう人たちと談笑する先輩記者を見ると、新参者はそれだけで気分が華やいだ。

編集局はいまと比べると作業場の雰囲気があり、部長は小林英司さんといったが、席にいるのはまず見たことがない。万事が大雑把でおおらかで、のびのびしていた。

最初に原稿を見てもらったデスクは、辰濃和男《たつのかずお》さん（故人）である。後に『天声人語』を書かれたが、私は沖縄を書いた『りゅうきゅうねしあ』が好きだ。まぶしそうな目をして、静かに話す。若造を一人前に扱ってくれた。

その原稿は正月の企画もので、何人かが分担して書いた。メンバーの中では最年少だったから緊張で食欲もなくなり、「これでダメだと言われたらどうしよう」と思いながら辰濃デスクに原稿を出した。辰濃さんは手に持った鉛筆で一行一行押さえながら、何も言わずに読んでいる。いいとも悪いとも、何も言わない。

直立不動で息をのんで鉛筆を見ているうち、切っ先の鋭い刃物の先で下腹をすうっとなでられているような気がした。取材の幅や深さ、推敲の程度……すべてを見抜かれているのだと思った。

鉛筆を置き、「ぼくはこれでいいと思います」と言われた時には、正直、体じゅうの力が抜けていくような気がした。

辰濃さんがデスクをしたのは短期間だったので、そう何度も見てもらうことはなかったが、まぶしそうな怖い目の印象は、長く残った。後輩に、「あの人に原稿を出すと、心地よい緊張感があったよ」などと話せるようになったのは、何年も後のことである。

自分の書いたものがこの人の目に留まれば名誉という人に、深代惇郎さんの他にもう一人、疋田桂一郎さんがいた。

私たちが学生のころ、朝日の花形記者が各県ごとに競作した連載に『新・人国記』がある。疋田さんが書いた青森県は圧巻で、その冒頭、雪の道を角巻きの影がふたつ。「どサ」「ゆサ」。出会いがしらに暗号のような短い会話だ。ここは私たち世代の記者はたいてい諳《そら》んじていた。そういう人に「君のあれ、おもしろく読みましたよ」と言われようものなら、うれしくて、だれかれかまわず吹聴したくなったものである。

その疋田さんに向かって、「いまのあなたの連載はおもしろくない」と言ったのは、やはり書き手で知られるK先輩だった。すぐ目の前のやり取りだったので、ハラハラしたが、たしかにK先輩の言う通り、かつての疋田さんではないと私も思っていた。

疋田さんは黙って聞き終えると、連載の狙いなどについて語り、それからしばらくして社内報に、「この企画の狙いは何かと聞かれたら、企画はおしまいである。記事はおもしろいか、おもしろくないか、ただそれだけである」と書いた。おもしろいか、おもしろくないか、ただそれだけであるとは、まさに至言である。あらためて疋田さんもK先輩も立派だと感じ入った。同時に、こういう議論をするわが職場は、なんと素晴しいところかと思った。

連載コラムの傑作『山手線』を夕刊に書いた涌井昭治デスクは東京版の担当だった。このコラムは山手線の各駅ごとに界隈の話題を集めたもので、大勢の助手が集めてきたネタを才人の涌井さんが厳選、再取材するのだから、おもしろくないわけがない。それに、たとえば花のきれいな原宿駅を書けば、結びの一行が、「原宿駅長は、花の命もあずかっている」という具合いに、タッチが洒落ていた。

本にまとまったものを繰り返し読んで、ひとつわかったことがある。名文の命は、ネタであるということである。それ以来、文章はまずいい材料があること。包丁さばきはその次という点で料理に通じ、うまいかまずいか、おもしろいかおもしろくないか、決めるのが作り手ではなく、受け手であるところも、文章と料理は似ていると考えるようになった。

涌井さんは筆力も眼力もすごかったから、私にとってはまことに怖いデスクだった。ひとつ気をつけなければならないのは、褒《ほ》め上手《じょうず》というところである。おだてられていい気になっていると、中途半端な職人で終ってしまう。その意味でも怖い人だった。

とにかく贅沢に紙面を作るデスクだったから、意気込んで百行も書いて出すと、「おう、おもしれえな、これ」と言いながら赤鉛筆でばさばさと音を立てるように削り、新聞に載ったのを見ると、三分の一になっている。しかし、その方がたしかに締まったいい文章なのだから、文句が言えない。

「そのうち使うよ」と言って、デスクの抽き出しにしまうことがある。結局ボツになるのだが、ボツになった原稿は暮れになると抽き出しの中からまとめてそれぞれの筆者にもどされる。そういうときは、ウインクをしたりするから憎むわけにもいかない。

ある時、東京の青山通りに『ユアーズ』という深夜まで営業するスーパーマーケットができた。場所も華やかだし、客もそうだったので記事にしようと、三日ばかり夜半に通って、取材した。そして、別荘に向かう人たちが高級な外車で乗りつけ、しこたま買い込んでいく様子をルポの形にして五、六十行書いて、涌井さんに出した。涌井さんは例によって、「おもしれえな、おい」を連発しながら読み終えると、「お前な、水戸街道でもどこでもいいからよ、街道筋の運ちゃん食堂を見て、そいで書けよ」と言う。

何のためにそうするのか、何の説明もない。聞くのもくやしいから、長距離トラックやタクシーが寄る、水戸街道の食堂に三日ほど通い、『ユアーズ』と同じぐらいの原稿にした。

涌井さんは待っていたようにザラ紙に鉛筆を走らせ、こう書いた。「東京には二つのVがある。ヴァニティ（虚栄）とヴァイタリティと……」。そして、「どうだこれ。これを前書にして、深夜スーパーと食堂の原稿、使うよ」と言った。水と油のような二本の原稿が、一本になった。あまりの見事さに呆然とし、それから妙に嬉しくなった。こんな経験はめったにできるものではないと思った。

涌井さんは新聞のデスクから『週刊朝日』に移り、この雑誌の部数を伸ばした三人目の編集長となった。それから数えて五代目の編集長が私だが、部数は現状維持が精一杯で、ふやすことができなかった。この人には、記者としても編集者としてもやられっぱなしだったことになる。

私は編集長を終えてから、新聞の編集委員をした。作家の司馬遼太郎さんが亡くなったときは「評伝」を書いたのだが、しばらくして出た雑誌を見ると、九州朝日放送の社長になっていた涌井さんが見事な追悼を書いている。社長にしてはと言うのは失礼だし、社長のくせにと言うのも変だが、ともかくどうやって筆力を維持しているのか知りたくて、電話をした。全く素直な気持で「教えて下さい」と聞くと、涌井さんはしっくりしない入れ歯で、すかさず、「おう。お前が書くものを読んで、勉強してんだよ」と言った。筆力も口も達者なので安心した。

私が書くものはしれている。それでも馬場さんや先輩から感想を書いた手紙をいただくことがある。この会社に入り、記者をしてよかったと思うのはそういう時である。それにしても私はなんと幸運だったろう。これほどのスターライターたちから直接、手ほどきを受けた者はそう多くはないはずだ。

それに加え、『週刊朝日』にいたおかげで、司馬遼太郎さんをはじめ大野晋、大岡信、丸谷才一、井上ひさし、岡野弘彦……といった錚々《そうそう》たる方々に、日本について、そして日本語について、さまざまなことを直接教えていただく機会を数多く持つことができた。

この経験は私の一番の財産である。それを次の世代に引き継ぐことは、私の使命だと思っている。

朝日カルチャーセンターの社長になった辰濃和男さんから、「若い人向けの文章講座を持ってくれないか」と言われたとき、一も二もなく引き受けたのは、使命を果たすいいチャンスだと思ったからである。幸せな時代の幸せな記者として、諸先輩と朝日新聞社への恩返しになるかもしれない。そう考えたからだった。

あとがき

大学は卒業したが、卒業論文は書いていない。卒論はゼミに入っていなければ、その分の単位を授業で取ればいいことになっていた。私も専門学部でゼミに入りたかったが、教養課程の成績が悪かったので、ゼミに入れてもらえなかった。それで、卒論を書かなかったのである。

ちなみに、私が四年間で取ったAの数は十二個だった。一流の銀行や商社に入る連中は四十個、五十個取っていたから、十二個というのは、相撲で言うなら幕下、昔は「褌《ふんどし》かつぎ」と言われた身分である。そんな人間が、

「学はあってもバカはバカ」

などと言うのはいかがなものか。そう言う人がいるだろうと思う。いて当然である。

余談だが、学については、こういう話がある。

私が『週刊朝日』編集長の頃、母校の慶大で経済学部が偏差値で法学部に負けた。そんなことは許せない、経済学部を応援しようと、学部長のT教授を囲む会ができた。中心になったのは大林組や大正製薬の副社長、スルガ銀行頭取など、経済学部出身の錚々たる連中で、私も誘われて入った。

私が最年長で、肩書きも評価されたのかもしれない。

編集長は朝日の社内では政治部長や経済部長、社会部長より下、運動部長よりは上というポストで、社内的な発言権はほとんどない身分だったが、社外ではどうかすると朝日新聞の社長より名前が通っていた。T教授は学部長から後には慶応義塾塾長になったが、囲む会で私はいつも、教授のすぐ隣の席に座ることになっていた。

ある時、私は記者の悪い癖で、T塾長に、大学の四年間で「A」の数がいくつあったか、聞いた。むろん、私が十二個だったことは言ったうえである。すると、

「ぼくは十一個だったよ」

と言われた。私より一つ少ない。

T塾長は後に私立大学連盟の会長にもなった。そういう人が私より少ないとは夢にも考えていなかった。「A」の数を聞いて私は、

「慶応義塾においては、『A』が少ない程、出世する」という仮説を思いついた。

「妻という字は毒という字と似ている」という説と並んで、私が〝発見〟した仮説である。

そんな私が幸運だったことの一つは、受験の時に偏差値という言葉が使われていなかったことである。「偏差値」を知ったのは大学で統計学を学ぶようになってからだった。もちろん「共通一次試験」もなかった。

こういうマーク・シート方式の試験は、コンピューターで採点できるようにするために考えられた、言ってみれば試験をする大人が楽をするためにできた方式だろう。「正解を次の五つの中から選べ」という試験は子供の頃にもあったが、わからない時は鉛筆を転がして決めたものだった。

そんなテストの結果で、頭の良し悪しがわかるはずがない。だいたい、人間の能力を偏差値という数字で評価するなどということは、神をも恐れぬ所業、言語道断である。

人間に関する数字で意味を持つのは身長、体重、肺活量、握力、背筋力。それくらいではないか。私のような後期高齢者になると、大切な数値は血圧、血糖値、尿酸値だけである。

人間の頭の良し悪しを数字で表わすことなど、できるものではないと思う。

私が四十年近く勤めた朝日新聞社の記者は、世間で言う立派な大学を卒業し、バカバカしいと言って悪ければカルト・クイズのような入社試験をパスした者がほとんどである。読者の方々にはよく、

「朝日の記者の方は、頭のいい人ばかりなんでしょう?」

と言われることが多かった。

その度に私は、

「そんなことはありませんよ」

と言って、こういう話をしたものである。

本当に頭のいい人が書いたものなら、読む端からスラスラと頭に入ります。しかし、編集委員の書いたもので、そういうものはありますか?

私などには、読む気になれないものや、読んでも何が言いたいのかわからないものが珍しくありません。わからないと、皆さんは、朝日の記者のように勉強していないからわからないのだ、自分の頭が悪いせいだと、御自分を責める傾向があります。編集委員の中には、

「私の書いたものがわからないのは、バカだからだ」

と考えているとしか思えない、カン違い野郎（女性も）が、たしかにいます。

たとえば、社外の文筆家に「スケベ記者」のレッテルを張られた女性編集委員がいる。政治面のコラムで「私もスケベ」と書いているので名前を出してもかまいませんが、名前を出すとその者が書いたものを紹介し、どこがどういけないか、書かなければなりません。それは、見るからにまずそうな物を食べて、どこがどうまずいのか説明するのと同じ、私にとっては拷問です。拷問は勘弁して下さい。

スケベ記者はコラムで、安倍首相がお嫌いであることを匂わせるのが、好きらしい。しかし、匂わせるだけで、論拠になる事実が書いていない。上品なたとえとは言えないが、

「匂いはすれども姿は見えず。ほんにあなたは屁《へ》のような」

という戯れ歌の屁である。

姿を隠して匂いだけさせるのは、お利口さんがよく使う手である。朝日の紙面を見ていると、この手の編集委員が多い気がする。テレビで国際問題を語るコメンテーターにも、このタイプが多い気がしてならない。

文章をパッと見て、頭のいい人が書いたものか、それとも学はあってもバカはバカが書いたものか、見分ける簡単な方法がある。漢字が目立つものは、学はあってもバカはバカが書いたものだったと思って、まず間違いがない。国会の質疑応答を聞いているとわかるが、官僚の書いた答弁は、悪文の見本である。

悪文を書く者＝学はあってもバカはバカは、漢語を好むものである。「思わなかった」と書けばいいものを「認識がなかった」と書く。自分のバカさを隠すために、漢語を煙幕に使うわけである。最近は漢語の代わりにカタカナを煙幕に使う。「ヤル気」でいいだろうに、「モチベーション」、「尊敬」があるのに「リスペクト」と言う手合いである。

私は朝日の社内だけでなく、他の会社や官庁、大学で、学はあってもバカはバカを沢山見てきた。テレビを見ていると、こういうバカは増える一方のようである。バカがはびこらないようにするには、偏差値の物差しをなくすことが第一歩である。

かつて司馬遼太郎さんは、

「僕はペンを持つ職人だよ」

と言われた。

小林秀雄は骨董と文章の教え子の白洲正子さんに、

「俺は言葉の職人だ」

と言っていたそうである。

お二人の発言でわかるように、日本は芸術家（アーティスト）ではなく職人（アルティザン）が作り、支えてきた国である。学のあるバカはアーティストにはなれる。しかし、アルティザンにはなれない。私はそう思っている。

二〇一八年二月

川村　二郎

川村二郎（かわむら・じろう）
1941年、東京生まれ。文筆家。慶應義塾大学経済学部卒。『週刊朝日』編集長、朝日新聞編集委員などを歴任。『いまなぜ白洲正子なのか』（新潮文庫）、『夕日になる前に—だから朝日は嫌われる』（かまくら春秋社）、『孤高—国語学者大野晋の生涯』（集英社文庫）、『社会人としての言葉の流儀』（東京書籍）など著書多数。

学《がく》はあってもバカはバカ

2018年３月20日　初版発行

著　者　川村　二郎

発行者　鈴木　隆一

発行所　ワック株式会社
東京都千代田区五番町４-５　五番町コスモビル　〒102-0076
電話　03-5226-7622
http://web-wac.co.jp/

印刷人　北島　義俊
印刷製本　大日本印刷株式会社

ISBN978-4-89831-775-4

好評既刊

崩壊 朝日新聞

長谷川熙

朝日新聞きっての敏腕老記者が、社員、OBを痛憤の徹底取材！「従軍慰安婦」捏造をはじめ「虚報」の数々、「戦犯」たちを炙り出し、朝日の病巣を抉った力作！ 本体価格一六〇〇円

こんな朝日新聞に誰がした？

長谷川熙・永栄　潔

B-241

朝日新聞OBの二人が古巣をめった斬り。歴代社長・幹部社員たちの「平和ボケ」「左翼リベラル」「反知性主義」こそが元凶だと。痛快丸かじりの一冊。 本体価格九二〇円

偽りの報道

冤罪「モリ・カケ」事件と朝日新聞

長谷川熙

B-273

安倍首相を打倒すべき仇敵とみなし、そのためにモリ・カケ問題で「印象操作」「流言飛語」による虚報を垂れ流した朝日。その「欠陥報道」を徹底検証。朝日はもはや「紙切れ」だ。 本体価格九二〇円